L'ABORDAGE
DE LA CROIX-MORTE

L'ABORDAGE
DE LA CROIX-MORTE

Yves Pinguilly

Illustrations intérieures de Michael Sterckeman

▌Nathan

CHAPITRE I

Adieu Koadoud

Depuis le début de l'hiver j'étais décidé : je devais aventurer ma vie loin de la ferme. Le ciel avait donné à notre maître le droit de me battre s'il le voulait ; le droit d'épuiser mes bras et mes jambes par trop de travail chaque jour. Même les simples dimanches, quand la terre n'offrait plus rien à moissonner, je devais ou traire ou aller couper du bois et fagoter, ou pire encore pour mes jeunes forces, dessoucher dans la prairie !

J'avais treize ans.

J'étais orphelin depuis toujours. J'avais donc choisi de partir, droit devant moi, comme l'eau du Trieux qui faisait son insouciante en détalant sans demander son reste entre les roches et sous les arbres de mon pays d'Argoat.

C'était avril.

J'avais attendu que vienne la lune rousse et attendu encore que passent les Pâques fleuries. L'aubépine était là, elle avait éloigné les dernières gelées.

Ce matin-là, alors que toutes les hantises de la nuit ne s'étaient pas encore dissipées au-dessus du clocher de Koadoud, je suis allé dire au revoir à Soazig. Elle était déjà à besogner au milieu des poules.

– Soazig, c'est mon jour qui va se lever. Cette fois, je pars chercher un pays où je respirerai mieux ma vie.

– Mon pauvre Yves-Marie, que notre Seigneur te protège du Malin qui mange le cœur et boit le sang de ceux qui se perdent sur les landes !

– Soazig, c'est le Seigneur qui m'a fait orphelin, comme il t'a fait clampiner sur ta jambe. Ne lui demandons pas plus ! C'est à nous d'inventer nos grimaces sur terre ! Moi, je ne veux plus être battu. Je ne veux plus être piétiné comme les pierres.

Soazig se signa. Elle me tendit un œuf à gober et d'un geste me demanda d'attendre.

Quand elle revint, elle me remit un morceau de lard et une tranche de pain noir, enveloppés dans un grand linge bleu. Je n'avais plus de mots en bouche pour lui dire le merci qu'il fallait. Je l'embrassai sur les deux joues et je la laissai, claudicante, retourner à ses travaux du matin. C'est ainsi que je quittai le seul être humain qui m'avait donné un peu de la tendresse qu'offrent sans doute les mères et les sœurs aux garçons qui n'ont pas encore assez grandi pour défier les vents de leur haleine tiède.

Ma longue partance commença. Mon ballot accroché à un bâton de noisetier ne contenait qu'un gilet de laine et le manger donné par Soazig. Mes deux pieds bien décidés dans mes sabots, je marchai, laissant derrière mon épaule les odeurs de soupe de Koadoud, mon village. J'étais seul, je parlais aux boutons d'or et aux nuages qui s'écrabouillaient les uns contre les autres dans le ciel.

Je dépassai Gwengamp alors que le soleil n'avait pas encore fait la moitié de la moitié de sa promenade dans le ciel. Je ne savais pas vraiment où diriger mes pas, sauf que je voulais aller à la mer, aller vers un port. Si je choisis d'éviter le chemin de Pempoul, c'est seulement parce que les branches hautes d'un grand chêne semblaient m'indiquer un autre côté… aussi, j'allai vers Morlaix, sans savoir plus pourquoi j'y allais. Je me parlais, je parlais aux haies. J'étais heureux de la fierté des jonquilles. J'avais l'impression que ces fleurs-là me donnaient raison, qu'elles se disaient entre elles :

« C'est fait, Yves-Marie Kerguézennec est enfin parti… c'est lui… il va derrière l'ouest de l'ouest… »

La journée se passa sans même que le poids d'une fatigue n'agrippe mes jambes. Je ne m'étais arrêté qu'une fois, pour boire l'eau d'une fontaine que j'avais entendue parler derrière les fougères. J'y avais aussi trempé mes pieds dans cette eau froide, comme pour lui voler un peu plus la force que lui avait donnée le cœur de la terre. Quand le soir vint annoncer la proche venue de la nuit, je cherchai où m'abriter du noir et des moqueries d'un morceau de lune. La nuit, mieux vaut ne pas trop bouger et rester caché. Ainsi l'on risque moins de rencontrer les korrigans qui savent bifurquer dans les ombres et d'être pris dans leur charivari qui rend fou. Je choisis l'abri d'une grosse pierre qui sortait de la terre comme une racine. Dessous, il y avait un peu de mousse verte, mais sèche. J'ajoutai à la mousse assez de genêts frais et d'herbe tendre pour m'y allonger sans dommage. Quand mon abri fut à mon goût, je m'y assis tout d'abord et je rompis une moitié de mon pain noir que je mangeai avec toute la tranche de lard de ma bonne Soazig. La nuit faisait pénétrer en moi quelque chose de triste, mais le chemin que j'avais croqué depuis le matin et le lard et le pain… tout cela me donnait des forces. Je m'allongeai

et avant de dormir je pris soin de me couvrir d'un édre-
don de fougères pour ne pas avoir froid et pour éviter
que les âmes errantes des enfants morts sans baptême
ne viennent gémir à mes oreilles.

Le jour finissait de repousser la nuit dans sa
cachette quand je m'éveillai. Ma première pensée fut
pour la Soazig. À cette heure, elle était déjà certainement dans la cour de la ferme, se demandant si j'étais
mort ou vif !

Je partis, cognant mes sabots contre le granit qui
sortait de terre. Les pierres partout semblaient pousser.
On aurait pu croire qu'elles invitaient les collines à
grandir encore. Je mangeai la première primevère que
je rencontrai. Je savais bien que cela préserve des fièvres
une année entière. Le chemin était beau, un peu
mouillé encore par les brumes de la nuit. Il avait l'air
aussi doux que des mamelles de vache. Je dis des
mamelles de vache parce que c'est cela que je guettais
derrière les haies. Je cherchais une vache assez pleine,
que son maître n'aurait pas tout asséchée hier soir.
Je n'eus pas trop à attendre pour la trouver ! Celle que
je vis était aussi rousse qu'une fin d'automne. Elle ne
broutait pas, elle ne bougeait pas… c'était comme si
elle m'attendait. J'allai à elle et dès que je pris entre
mes doigts ses pis bien sages, je fis longuement gicler

son lait dans ma bouche. C'était bon et chaud. Elle ne bougeait toujours pas. J'aurais pu tout boire si j'avais eu assez de soif pour cela. Je quittai cette source de lait et je partis d'un bon pas. J'étais décidé à marcher si vite que je croyais le soleil incapable de me rattraper ce jour-là.

J'avais évité les fermes et leurs chiens et, depuis hier, je n'avais pas vu dix êtres humains dans les champs.

Ce matin, j'avais parcouru plus de cinq lieues quand je décidai de me reposer un peu et de respirer sans bouger la douceur qui se promenait entre le ciel et la terre. Je m'assis appuyé à un vieux tronc.

Je rêvais depuis un moment, me demandant à quoi servait la queue fourchue des hirondelles, quand j'entendis des galopades venant du haut du chemin par lequel j'étais arrivé. Je me levai et j'aperçus au loin quatre chevaux… fous peut-être. Ils dévalaient comme si mille chauves-souris les attaquaient pour leur voler leurs yeux… comme si un loup-garou voulait se chausser de leurs sabots… comme si l'Ankou[1] avait dit à une douzaine de trépassés de Bretagne d'aller réchauffer leurs os en rattrapant ces chevaux-là ! Ils approchaient rapidement, tirant une belle voiture couverte.

----

1. Personnage figurant la Mort dans le folklore breton.

Sans penser à rien, sans même lever les yeux au ciel, moi qui avais tant parlé avec les chevaux lourds de Koadoud, quand ces quatre-là arrivèrent vers moi, je sautai au cou du premier, le serrant de toutes mes forces, comme un bien-aimé serre sa bien-aimée. Le cheval harnaché de mon corps ralentit tout l'attelage. Je réussis, alors que mes pieds nus battaient la terre, à trouver un élan pour m'établir sur lui. Il se calma presque aussitôt, cessant d'être fou et cessant vite sa course, imité par le reste de l'équipage.

Alors que je sautais à terre, la poussière levée par les chevaux et la voiture flottait encore loin en arrière, comme une bonne preuve que je n'avais pas rêvé et que cet affolement des chevaux avait été vrai.

La porte de la voiture s'ouvrit et il en descendit une femme, si blanche… si belle qu'elle embellit le paysage de printemps qui l'entourait. Seule sa longue chevelure brune semblait bien réelle et pesante. C'était comme si cette chevelure l'attachait au monde vivant, la rendait vivante, elle. Elle était toute blanche de robe et de visage, ce n'était pas une fée. Elle me sourit, à moi, et me parla, à moi.

– Merci mon garçon. Tu es plus téméraire que les nains qui mirent en place le dolmen de Corlay. Tu nous as sauvés d'une mort certaine et… tu m'as sauvée.

J'écoutais sans bien entendre. Je regardais ses yeux, ses lèvres et ses mains. Sa voix coulait plus tendrement que le lait des vaches dans les cruches.

Quand elle se tut, un jeune garçon sortit à son tour et se tint coi près de la voiture. Il était là pour la servir. C'est lui qui peu après, sur son ordre, sortit un petit coffre de bois, sans serrure, qu'elle ouvrit. Elle y prit une bourse de laquelle elle retira deux louis d'or.

– Prends, que ceci te paie de ton courage. Tu as été notre chance sur notre chemin, que cet or soit ta chance sur ce chemin.

Je pris son or, sans oser encore prononcer une parole. Je la saluai, comme je faisais chez nous quand notre maître rentrait pour autoriser le repas, et je repartis chercher mes sabots et mon baluchon que j'avais abandonnés.

La poussière du chemin avait repris sa place sur la terre. Je vis arriver, suant et soufflant, un homme plus rouge qu'une écrevisse qu'on sort de l'eau bouillie. C'était le cocher. Il s'était étalé dans le fossé à une bonne lieue de là.

Ce soir-là, après mes deux jours de marche, j'avais déjà dépassé Morlaix. J'étais décidé à aller jusqu'à Roscoff où des navires, m'avait-on dit, prenaient des hommes à leur bord. Je ne savais rien de la mer, sauf qu'elle était ailleurs, au plus loin du loin, et c'était par-là que je voulais aller…

Cette deuxième nuit, je la passai dans une chapelle avec trois ardoisiers qui en réparaient le toit. Je mangeai avec eux des restes de volailles donnés par le curé qui était bien heureux de leur travail.

La nuit aurait pu être venteuse, peu m'importait. Je m'endormis après avoir mangé tout mon pain et en rêvant à mon courage qui m'avait fait rencontrer cette enchanteresse si belle, si blanche.

CHAPITRE II

Roscoff, nid de corsaires

Ce matin-là, à l'aube, le printemps pleura un peu en secret. Mes sabots étaient rouillés et usés quand j'arrivai à Roscoff.

Le soleil trop jeune dans le ciel ne calmait pas l'air vif et salé qui me faisait tourner la tête plus qu'une bolée de cidre. Je marchais doucement, sans faire de bruit, comme un qui veut écouter le chant des oiseaux pour trouver leur nid et voler leurs œufs. Les grosses maisons à étages avec leurs lourdes pierres unies contre le vent, unies contre les débordements de la marée, unies peut-être même contre le ciel, me regardaient passer. Pour du coup, ma route était arrivée à la fin de la terre et la mer était là. Je la voyais, c'était elle, ce n'était pas une songerie. Il lui fallait un bien grand bénitier à cette eau salée, pour ne pas couler par-dessus bord !

Mes pas me menèrent vers une taverne un peu bossue, un peu ventrue, dont la carcasse de granit était au bout de la rue Naot, à l'angle de la place du quai. Bien placée, elle guettait d'un côté le port, la mer et l'horizon ; de l'autre ceux qui comme moi traînaient savates ou sabots, les yeux toujours lessivés par les embruns ou les larmes. Je poussais la porte de *L'Esmerveillable Vague*. J'appris tout de suite que l'on y servait à boire et à manger. En plus, on pouvait y coucher, que l'on soit à pied ou à cheval. La salle basse était éclairée par une cheminée qui la séparait en son mitan. De chaque côté du feu, des buveurs et des fumeurs… quelques-uns avaient l'œil louche en me regardant. C'étaient des gens de mer et des négociants.

J'approchai sans crainte de l'hôtesse qui me lorgnait avec autant de curiosité que si j'avais été un de ces kernandoneds[1] qui dansent la nuit par-là, sur les rochers et sur les grèves.

– Eh bien mon gars, qu'est-ce qui t'a fait déraper jusqu'ici ? me demanda-t-elle.

---

1. Être imaginaire appartenant à la grande famille des lutins bretons (korrigans, corniks…).

– L'envie de vivre, lui avouai-je, sans savoir que ma réponse était aussi naïve que la fuite du crabe qui s'éloigne sans regarder où il va.

– Tu peux avoir le boire et le manger, comme tous ceux qui relâchent ici, si tu as quelques deniers pour payer.

Cinq minutes plus tard, j'étais assis devant un bol de lait ribot et deux galettes chaudes bien craquantes.

– Tu cherches quoi alors, par ici ? Un billet d'entrée pour le bagne de Brest ?

– Non. J'ai toujours grandi sans personne, alors… je cherche seulement à grandir encore, ailleurs.

– Tu sais faire quoi à terre ?

– Tout ce qu'il faut savoir faire à la ferme.

– Et sur la mer ?

– Rien. La mer, je viens juste de la respirer pour la première fois ce matin.

J'avais mangé et j'avais bu sans cesse de parler avec Marjanne qui pour l'heure ne servait pas d'autre client. Pour payer mon écot, je sortis un louis d'or, ce qui eut pour effet de l'étonner tout autant que si elle avait vu une mouette danser le jabadao[1] avec un artichaut. Elle me rendit trois livres d'argent et quelques pièces

---

1. Danse bretonne.

de cuivre, en m'invitant à les caler bien au fond de ma poche pour qu'elles ne disparaissent pas par enchantement. Avec toutes ces nouvelles pièces, plus mon autre louis d'or que je n'avais pas montré, j'étais assez fou pour me croire riche pour cent ans !

Je décidai, sur les conseils de Marjanne, de m'établir à *L'Esmerveillable Vague* au moins pour les deux jours à venir. Deux jours me semblaient suffisants pour trouver à m'occuper au mieux.

J'eus vite fait de connaître ma chambre ; laquelle, prise sous le toit, était moins haute que moi. Elle avait un vrai lit, doté d'une paillasse neuve qui sentait encore l'avoine, et aussi un banc sur lequel attendait une cruche à eau.

Je passai l'après-midi à découvrir Roscoff. Le haut clocher de Notre-Dame-de-Kroaz-Baz, plus haut que celui de mon village de Koadoud, surveillait le port qui n'était jamais languissant. J'allai voir au plus près les navires et les barques amarrés le long du grand quai. Là, sur plus de cent cinquante toises de long, on chargeait ou l'on déchargeait sans mesurer sa peine. Des portefaix partaient des navires vers l'arrière-ville avec des ballots plus gros qu'eux-mêmes. Un grand vaisseau marchand chargeait tonneaux et barils de vins et de liqueurs. Un autre plus petit se délestait d'une cargaison de graines de lin... et de genièvre de Hollande.

J'étais là avec mes seuls deux yeux pour tout voir. Pour la première fois, je respirai l'odeur du goudron qui était, me semblait-il, celle de tous les navires.

Je quittai le quai et passai devant un piquet de troupe qui était posté là. Les soldats n'avaient pas l'air de se soucier du moindre contrebandier. Ils regardaient avec bien de la patience l'eau verte de la mer aller et venir, comme si l'affouillement des vagues contre le môle allait mettre au jour un vieux trésor. J'étais loin. Ce n'était pas une songerie. Pour être encore plus ailleurs, je décidai de changer d'habits, de laisser mes hardes de ferme pour me vêtir comme les matelots d'ici. À côté d'un entrepôt de sel, je découvris une petite boutique qui fit mon affaire. J'y achetai deux pantalons et deux chemises de premier choix. Le tout était neuf. J'ajoutai à cela des souliers de marin, avec une petite boucle. Moi qui n'avais eu que des sabots, ces souliers, je les trouvais légers comme une plume d'oiseau. Ils me tenaient aux pieds aussi sûrement que les coiffes à la tête des belles Roscovites.

Revenu dans ma chambre à *L'Esmerveillable Vague*, il me restait encore quelques pièces en plus du louis d'or entier auquel je n'avais pas touché et j'avais payé d'avance mes deux jours de pension.

Je m'allongeai sur mon lit et, avant de sommeiller une bonne heure, je pensai à ma bonne Soazig et aussi à mon maître dont les folles méchancetés m'avaient obligé à choisir une nouvelle vie. Elle commençait ici, ma nouvelle vie, où la désespérance ne me guetterait pas du matin au soir.

La nuit se promenait sur la terre depuis un bon moment déjà quand je me réveillai. C'était seulement le soir, mais à ce moment de l'année, même le soir, la pleine nuit est là. Je descendis vêtu de mes nouveaux habits dans la salle basse où Marjanne avait fort à faire pour contenter tout son monde.

À chaque table des buveurs buvaient et des mangeurs mangeaient. Les quelques-uns qui n'étaient pas encore servis fumaient la pipe.

– Yves-Marie, mon garçon, te voilà caréné aussi bien qu'une crevette grise qui sort de l'eau. Suis-moi. Je crois bien t'avoir trouvé quelqu'un à qui parler.

Je la suivis jusqu'à côté de la cheminée et là, je m'assis, sur ses instructions, à la table d'une sorte de géant qui ne s'intéressait en fait qu'à ses quatre œufs au lard, inclinés au fond de son assiette. Sans me jeter un seul regard, il me confia :

– Des œufs comme cela, c'est aussi beau à voir que des poissons géants du Cap-Vert qui dansent sous la lune.

Là-dessus, il commença à engloutir sa ration avec l'appétit de quelqu'un qui a été privé pendant une semaine. Je le regardai sans oser dire un seul mot. Il termina son assiette en la raclant farouchement avec une croûte de pain. Il me toisa de ses deux yeux bleus et sortit de sa poche sa pipe et son tabac. Quand sa pipe fut bourrée à point, il prit le bout de chandelle qui survivait sur notre table et, avec cette flamme, il l'alluma. Il tira avec contentement trois ou quatre bouf-fées, sans cesser de me fixer avec autant d'attention que si j'avais été un de ces elfes qui naissent de la trans-formation des champignons, dans ma forêt d'Argoat. C'est seulement après avoir dégusté un peu de sa fumée de tabac qu'il s'adressa à moi :

– Alors, fanandel[1], on dit que tu veux partir te dé-moisir entre le ciel et la mer…

Je le regardai sans répondre encore. Il avait l'air de se moquer un peu, mais en souriant. Bien que ses bras me semblassent assez puissants pour faire obéir

---

1. Compagnon. Terme très employé au XVIIIe siècle sur le port de Brest par les marins… et les bagnards.

ensemble deux chevaux de ferme, il n'avait pas l'air méchant. Son anneau d'or à l'oreille ne lui faisait en rien la mine farouche. Son catogan dépassait du bonnet qu'il avait gardé sur la tête. Il ressemblait à une pomme rouge accrochée là, en réserve.

Il reprit :

– Donc tu te crois prêt pour ce chien de métier de matelot de pleine mer.

J'acquiesçai. Il continua mi-moqueur, mi-sérieux. Je compris que Marjanne lui avait raconté toute mon histoire. J'appris aussi qu'il avait été un garçon ayant les deux pieds sur terre avant d'aller danser sur le tillac[1], du gaillard[2] d'avant à celui d'arrière. Il finit par me dire :

– Yves-Marie, tu as sans doute raison. Filer son câble au milieu des mers, c'est le meilleur moyen encore de se purger de tous les dégoûts de la ferme. Donc Marjanne dit vrai, tu es bien décidé à naviguer.

– Oui monsieur.

Il n'ajouta rien à ma réponse. Toutes ces paroles m'avaient paru un peu mystérieuses. Il se leva sans se faire plus comprendre et avant de sortir me dit seulement :

---

1. Pont supérieur.
2. Chacune des deux parties surélevées situées aux deux extrémités (avant et arrière) du pont supérieur, et servant de logement.

– Mange-toi des œufs au lard et remplis-toi bien. Demain, viens à bord de la *Fleur de blé noir* et vois Job Kéravel, c'est moi. On doit embarquer un bon mousse pour partir, alors, pourquoi pas toi… ?

Je me retrouvai seul à ma table, avec le bout de chandelle qui vacillait.

Marjanne m'apporta une portion d'œufs au lard que je n'avais pas encore commandés. Elle me glissa à l'oreille :

– Ce job, tu peux le suivre, même si quelquefois il est plus tourmenté que le vent. De tous ceux qui sont partis un jour de ce trou de flibustiers ou de n'importe quel nid de corsaires pour écumer le monde, il est peut-être le seul à ne rien devoir au diable.

Après le repas, bien que la nuit se fût épaissie, je ne pus m'empêcher d'aller user un peu mes souliers sur le pavé du quai. Quelques bateaux étaient comme oubliés. Ils se taisaient. On aurait pu les croire offensés par une action grandement mesquine. D'autres bateaux plus gros, plus hauts, se balançaient plus insouciants. Peut-être était-ce parce qu'un falot[1] allumé à leur poupe les signalait au vent afin qu'il ne les avalât pas.

---

1. Grosse lanterne.

Ma nuit ne fut faite d'aucun rêve. J'étais un dormeur assommé complètement par le jour qu'il venait de vivre et en plus je dormais dans un lit moelleux comme une laine d'agneau. Au matin, je me fis servir un bol de bouillie d'avoine avant d'aller vite vers la *Fleur de blé noir*. Elle était là, à quai, solide et légère. Ses deux mâts semblaient désigner au ciel la place de deux étoiles qui venaient de s'éteindre. Je pris pied à bord. Job Kéravel était sur le pont, appuyé au bastingage. Il me regardait arriver à lui, tout en observant sur le quai une manœuvre de charretier qui venait charger des bois de chêne fendus en minces planches.

– Ainsi va la vie, me dit-il en guise de bonjour. Ces planches que tu aperçois sur le quai vont devenir tonneaux et presque toutes vont trafiquer et frauder entre la France et l'Angleterre. As-tu bon vent ce matin, Yves-Marie ?

– Assurément. Je n'ai jamais eu meilleur vent, que je sache.

– Bon, bon… Attends ici que je te fasse signe. Le capitaine pour l'heure tient conseil au carré.

À l'avant de la *Fleur de blé noir*, il y avait un peu d'agitation. J'entendis caqueter, ce qui m'étonna, mais c'était bien cela. On installait des poules… c'était une vraie surprise pour moi. Je m'entendis appeler. C'était

Job Kéravel qui voulait que je vienne. J'allai à lui. À peine l'avais-je rejoint tout à l'arrière que sortit d'une écoutille le capitaine. Il était grand lui aussi et habillé comme pour le plus beau jour de sa vie, me semblait-il. Son habit bleu, ouvert, permettait de voir un gilet bleu aussi mais brodé. Il avait des culottes de velours noir et des bas blancs.

– Capitaine Barnabalec, voici le mion dont je vous ai causé. Croyez-le, il fera un bon mousse sur notre bord une fois que je l'aurai dessalé comme il faut.

– Comment te nomme-t-on ?

– Yves-Marie Kerguézennec, répondis-je d'une voix assurée.

– As-tu navigué ?

– Jamais, capitaine.

– Et que sais-tu de la mer ?

– Rien, sauf qu'hier j'ai observé qu'elle n'était jamais immobile comme la terre.

Le capitaine regarda Job et je crois bien qu'il m'aurait encore questionné si l'incroyable ne s'était produit juste à ce moment-là. L'incroyable oui, parce que arriva à la hauteur du capitaine, sortant de l'écoutille, ma bonne dame que j'avais sauvée, toujours de blanc vêtue. Elle me reconnut, moi qui étais ici sans sabots et habillé de toile neuve. Il est vrai que j'avais toujours les mêmes yeux et le même nez.

– Capitaine, voilà le garçon qui a arrêté mes chevaux. C'est vous qui l'avez fait venir ?

– Certes non, madame. Celui-là veut embarquer à notre bord…

– Prenez-le, capitaine. Il m'a fait l'impression d'avoir le cœur et le corps assez solides pour risquer sa vie sans la perdre.

Elle sourit. Était-ce à moi ? Était-ce au grand Job Kéravel ? Au vent ?

Là-dessus, Job Kéravel me bailla un grand coup de sa large main sur l'épaule et me dit :

– Bienvenue à bord et attention… sur tous les navires, le diable est à l'affût, il faut y prendre garde.

Je ne répondis pas.

Il partit d'un grand éclat de rire.

CHAPITRE III

À bord de la Fleur de blé noir

J'avais quartier libre jusqu'au lendemain. Je descendis sur le quai, ce qui me permit d'admirer la *Fleur de blé noir* un peu mieux. C'était une fière goélette[1] dont la coque sortait noire de la mer. Le bordage, lui, était rouge sang, ce qui faisait un bel ensemble quand on ajoutait à cela le blanc des voiles qui étaient ferlées[2] sur les vergues.

Cette *Fleur* avait une figure de proue ! Pour lui ouvrir la vague, une fine femme était sculptée là, à l'avant de l'avant, une femme aux cheveux dorés. J'étais bien heureux, ma foi, d'embarquer sur ce navire qui me semblait le plus beau du bassin.

---

1. Voilier à deux mâts.
2. Relever pli par pli une voile sur la vergue.

J'allai m'acheter un sac et quelques fournitures que je savais m'être nécessaires. Tous les matelots avaient un bonnet de laine, j'en pris donc un moi aussi. Job Kéravel m'avait dit de ne pas me soucier du reste de ma tenue, les deux coffres à effets de l'équipage me fourniraient les frusques qu'il fallait pour le froid ou pour le chaud que l'on allait successivement trouver en mer. J'avais besoin d'un couteau. Personne ne s'embarquerait sans couteau ! Je trouvai une bonne occasion sur le port, chez un marchand qui ne vendait par ailleurs que des cordages neufs et de la graisse de goéland. Il me céda un tranchelard qui n'avait pas fait beaucoup d'usage à son précédent propriétaire. Il était comme neuf et sa longue lame fine aurait pu me couper le poil du menton s'il avait seulement commencé à pousser !

Après m'être rassasié d'une nouvelle bouillie d'avoine et d'un morceau de pain frais, j'allai marcher sur une grève pour être au plus près de cette mer salée que je ne finissais pas de découvrir. Je fus surpris et amusé par les ressorts du goémon qui couinait sous mes souliers. Une petite pluie fine vint embruiner la mer, la terre et toutes les semailles du pays de Léon. Je retournai vers *L'Esmerveillable Vague* où Marjanne était une amie sûre. Ses paroles m'avaient renseigné sur toute la vie de Roscoff, sur les capitaines et les matelots, sur les navires qui venaient de l'autre côté des mers, et aussi sur le lin qui couvrait les champs et les guérets avant que ses fils ne deviennent toile et ne s'embarquent pour Cadix.

Ce soir-là, il me restait assez en poche encore pour manger comme un capitaine ou un négociant. Je me fis servir deux tranches de viande avec en plus deux pommes de terre fumantes, et du cidre. Le corps lesté de ce repas plus riche que tous ceux que j'avais faits jusqu'alors, je décidai d'aller vite au lit. C'était nuit fermante déjà et sans rien dire ou faire davantage, j'allai dormir ma dernière nuit sur terre avant longtemps.

Il n'y avait pas en Bretagne, je crois, de port plus favorable que Roscoff… j'allais tout de suite le savoir. Job Kéravel, qui était à bord le seul maître d'équipage, commanda sous l'œil sévère du capitaine la première manœuvre après que nous eûmes largué nos amarres et qu'une barque du port nageant[1] sous huit avirons eut tiré jusqu'au lit du vent la *Fleur de blé noir*. Il nous fut commode, la brise et le flot nous aidant, de quitter la rade et d'être en mer en une demi-heure de temps.

Je ne dirai rien de bien étrange sur le début de ce voyage, bien qu'il me fût souvent difficile d'apprendre à connaître les manœuvres nécessaires à la conduite

---

1. Actionner les voiles (terme de marine).

du navire, d'apprendre à servir presque autant les matelots que le capitaine, ou le coq[1] ou Job Kéravel qui sur mer était non seulement maître d'équipage, mais charpentier et médecin-chirurgien. Quand je m'étonnai de toutes ces qualités, il m'affirma :

– Yves-Marie, les hommes sont ni plus ni moins vivants que ce navire et comme lui ils peuvent être blessés, ils peuvent mourir. Comme lui, pas plus. Je peux changer le gréement[2] de chacun, placer un nouveau mât ici, une belle jambe de bois là…

Chaque jour, j'avais à fauberder[3] le pont, à raguer[4] chaque centimètre du gaillard d'avant au gaillard d'arrière. Quand aucune manœuvre ne m'obligeait à apprendre le travail de gabier[5] dans la mâture, je ralinguais[6] les voiles ou j'aidais le coq qui était plus chicanier à lui seul qu'une famille de mouettes. Chaque

---

1. Cuisinier du bord.
2. Ensemble des objets et appareils nécessaires pour la navigation à voile (poulies, cordages, voiles…).
3. Sécher le pont à l'aide d'un faubert, sorte de balai constitué de vieux cordages.
4. S'user en parlant des cordages. Ici, Yves-Marie veut dire, par exagération : user le pont à force de le nettoyer.
5. Matelot chargé de l'entretien et de la manœuvre des voiles.
6. Coudre des ralingues à une voile, c'est-à dire coudre un filin en bordure d'une voile (pour renforcer le bord).

matin, j'étais dans sa cambuse[1], au pied du mât de misaine, pour mettre la chaudière sur le feu et commencer à cuire la viande salée pour les quarante hommes de l'équipage.

La *Fleur de blé* noir avait filé ses sept à huit nœuds sans cesse et sans forcer son allure, jour et nuit depuis quelques jours, quand le capitaine Barnabalec réunit tout l'équipage sur le pont. Seul l'homme de vigie ne bougea pas du haut du grand mât et Gros-René Nantais resta tenir la barre.

C'était le matin. Job Kéravel à la gauche du capitaine regardait son monde en souriant vaguement… Il porta son sifflet à la bouche et, dès qu'il eut soufflé dedans, tous ceux qui avaient leur bonnet sur la tête l'ôtèrent comme un seul homme.

Le capitaine avança d'un pas. À ce juste moment, avant donc qu'il ouvre la bouche pour nous entretenir, ma bonne dame avança et se posta près de lui. Elle était blanche encore et toujours, mais quel changement ! Elle avait troqué sa robe contre une paire de pantalons blancs en belle toile surfine et elle était bottée de cuir jusqu'au-dessous du genou. Une chemise

---

1. Magasin de vivres, cuisine. (Ce mot vient du néerlandais *kombuis* qui signifie « cuisine ».)

au col et aux manches de dentelles enveloppait sa poitrine, en poussant, aurait-on dit, vers le haut sa tête si fine que je la crus profilée tout exprès pour fendre le vent. Ses longs cheveux bruns descendaient au derrière d'elle jusqu'à son ceinturon. À son côté, le jeune Louis, le garçon de la voiture, se tenait aussi droit qu'il pouvait. Il était là, toujours, pour la servir s'il le fallait. Dès qu'elle était parue, les hommes de l'équipage s'étaient tus. Pas un n'aurait osé, je crois, mastiquer son tabac dans sa bouche, ou lancer un jet de salive dans la mer. La mâture même de la *Fleur de blé noir* était émue et aucune membrure dans ce moment-là n'osa se plaindre. Il se peut bien, si quelqu'un d'entre nous avait écouté la mer, que nous eussions appris qu'elle-même avait changé son chant.

Le capitaine fit comme à l'accoutumée celui qui n'est que paisible et rude. Sans autre annonce, il commença :

– Corsairiens, vous vous êtes embarqués sur cette jeune coque alors qu'elle était bien ancrée dans le bassin de Roscoff, sans savoir où le vent vous mènerait, ni pour quelle aventure. Vous êtes venus à bord, parce que beaucoup déjà avaient dansé sur la vague avec moi, Théo de Barnabalec. Écoutez-moi bien, ouvrez vos écoutilles et tous vos sabords pour m'entendre. Le roi ne nous a donné cette fois aucune lettre de marque ni aucune lettre de représailles. Alors… alors, j'ai à vous apprendre que le seul pavillon que nous porterons désormais sera celui blanc-blanc de la comtesse Gwenn de Garlantezec qui est présentement près de moi. Je dis « blanc-blanc » parce que ce pavillon qui nous signalera est comme coupé, fendu en deux par un lis rouge de pétales et rouge de tige. C'est elle, notre comtesse, qui a armé ce navire. C'est pour elle que nous écouterons, s'il le faut, les hurlures du vent dans les haubans[1] ; c'est pour elle que nos oreilles seront froissées par les âmes des marins perdus et morts en mer. Pour elle, nous avons à naviguer jusqu'au golfe du Honduras et y trouver l'île de la Croix-Morte. Il y a là-bas un gentilhomme de chair et de sang retenu prisonnier par quelques forbans… ou vieux frères de la côte qui attendent une rançon !

« En fait de pièces de huit ou d'écus, nous nageons vers eux pour leur offrir le fer et le feu en guise d'échange. Ce sont eux qui nous rembourseront, s'il le faut, du navire piraté sur lequel fut pris ce jeune homme gentilhomme. Cela ne nous empêchera pas, si le cœur nous en dit, de courir après la première voile espagnole qui se présentera sur notre route, au retour… comme

---

1. Cordage utilisé pour assujettir un mât.

si notre roi nous l'avait demandé. Mais le premier butin de chacun est sur cette île de la Croix-Morte. Dès à présent, de par notre nouveau pavillon, nous naviguons pour nous seuls, comme tous les pirates des mers et, de ce fait, nous sommes devenus pirates. S'il est sur ce navire quelqu'un qui refuse nos combats à venir, nous le débarquerons sans oublier de le reprendre à bord pour le retour vers nos côtes. Quand il le faudra, je ferai distribuer les sabres, les haches d'abordage et la poudre. Pour l'heure, entretenons nos vingt-deux canons et que chacun reçoive une double ration de tafia. »

Chaque poitrine lança un hourra ! et de nombreux bonnets volèrent en l'air. Le capitaine Théo de Barnabalec d'un geste fit taire son équipage. Gwenn de Garlan-tezec, ma bonne dame, s'avança et à son tour parla :

– Celui que nous allons délivrer est mon frère. Quand il le faudra, je prendrai devant vous les armes. Si ici chaque homme est fort du même courage que moi, nous gagnerons, et il n'est pas un de ces voleurs d'homme qui échappera à la mort par le fer, le feu ou pendu par moi-même, s'il le faut, à l'une des vergues[1].

---

1. Pièce de bois placée transversalement sur le mât et portant la voile.

Chaque once de courage sera récompensée et, en plus de l'or que chacun pourra piller sur cette île de la Croix-Morte, une bourse de cinquante écus attend tous ceux qui remettront vainqueurs leurs deux pieds sur le quai de Roscoff.

Les hommes ne surent que dire après ces paroles. Ils étaient impressionnés tout autant que moi qui aurais pu être le fils de plusieurs d'entre eux. À partir de ce moment, ils nommèrent la comtesse la dame Blanche-Blanche.

Job Kéravel me lança notre nouveau pavillon. Sur son ordre, je le hissai à la place de celui du roi de France. Dès que ce fut fait, nous n'étions plus marins du roi, marins de France, ou marins de la province de Bretagne, mais seulement marins de la dame Blanche-Blanche. Nous étions comme sont les pirates de toutes les espèces qui oublient tous les royaumes et se battent pour leur seul plaisir, leur seule vie, et leur seul avantage.

Nous reçûmes tous deux boujarons[1] de tafia, ce qui suffit à la bonne humeur générale. Ce fut assez pour me gonfler le cœur et la tête de quelques rêves supplémentaires. La *Fleur de blé noir* aussi était heureuse sous le vent. Nous lui ajoutâmes de la toile, assez pour

---

1. Petit récipient contenant environ six centilitres.

faire juste gémir ses mâts. Une autre manœuvre l'embellit encore de toutes ses bonnettes[1]. La journée se passa sans incident, le vent était notre allié.

Le soir, alors que j'avais jeté un dernier coup d'œil à nos huit poules dont j'avais la charge, Job Kéravel se pointa devant moi. Il me fixa, avant de regarder un peu nos poules qui pondaient ici aussi bien qu'à terre.

– Alors, fanandel… ce voyage-là, vers l'île de la Croix-Morte ?

– Bon voyage… le vent est avec nous.

– Bon voyage sans doute, et nous voilà comme des enfants perdus sans autre pavillon que ce beau blanc-blanc fleuri de rouge.

– Il est fort bien, que je sache.

– Fanandel, rien n'est jamais trop bien ou trop mal. C'est un beau pavillon, oui. En fait, sur terre comme sur mer, qu'importe le pavillon si l'on reste fidèle à soi-même, et à son cœur… C'est cela, il faut rester toujours du bon côté de ses paupières. C'est le seul moyen de bien voir ce qu'il faut faire.

Toute la nuit, notre goélette marcha sur l'eau comme une sardine pressée d'arriver… ailleurs.

---

1. Voile carrée supplémentaire.

CHAPITRE IV

Sous les hurlures du vent

Ce matin-là, j'allai nourrir mes poules sans oublier de leur donner une poignée de sable pour que la coquille de leurs œufs ne soit pas plus mince qu'à terre. Leurs quatre poulaillers n'étaient en fait que quatre cages d'osier où elles étaient par deux. Les cages étaient fixées sur le bâbord[1] et le tribord[2] sur le gaillard d'avant. J'étais à genoux, cherchant des deux mains si un œuf pondu n'avait pas échappé à la vigilance de mes deux yeux, quand j'entendis des paroles murmurées à l'intérieur du gaillard.

– Il y a sur ce navire, avec cette belle dame Blanche-Blanche, plus de fortune qu'il n'en reste à Maracaibo.

1. Côté gauche du navire.
2. Côté droit du navire.

– Elle n'est pas fille du roi quand même…

– Pour armer un vaisseau et promettre des bourses de cinquante écus d'or à tout un équipage, cette belle possède certainement une fortune qu'elle ne peut compter toute seule !

– Elle est quand même belle…

– Ouais, belle, je le disais… elle ferait une belle prisonnière : du premier choix !

Je me taisais, laissant mes poules caqueter autant que ces deux-là. J'avais reconnu leurs voix. Fish le Dieppois parlait toujours comme s'il avait envie d'égorger quelqu'un qui lui aurait dérobé son tabac. Celui qui lui répondait, c'était Manu Frisquet. Ses paroles à lui, lui sortaient de la bouche l'une tranquille derrière l'autre, pas plus vite que les paroissiens de la procession d'août, à Bourbriac.

Pourquoi parler ainsi de ma bonne Gwenn Blanche-Blanche ? Moi qui louvoyais dans ses parages plusieurs fois par jour, je la savais aimable et Job Kéravel m'avait dit plusieurs fois que jamais sur un navire quelqu'un n'avait autant souhaité le bien de l'équipage.

À midi, c'est moi qui lui apportais ses œufs et ses tranches de lard. Le plus souvent, comme aujourd'hui, elle prenait son repas avec le capitaine. Je le leur portais jusqu'au carré et c'était toujours Petit-Louis qui les servait à table. Lui et moi n'avions pas échangé une douzaine de paroles depuis Roscoff, mais son sourire, chaque fois que nous nous rencontrions à bord, était un gage d'amitié. Je le jalousais un peu d'être toujours dans la même bordée que celle que j'admirais, toujours assez près d'elle pour respirer dans son ombre. Il ne quittait guère l'arrière du navire, ne s'aventurant jamais au-delà des quelques pas nécessaires pour frôler le grand mât et descendre par la grande écoutille jusqu'à la soute à vin. Le capitaine une fois par jour lui confiait la clé pour entrer là et tirer un grand cruchon pour arroser les repas du jour. Je m'étais promis de l'y rejoindre une fois au moins pour prendre langue avec lui, mais je ne savais guère de quoi l'entretenir.

Jour et nuit, Job Kéravel arpentait le pont. Ce diable d'homme n'était jamais en repos. Il faisait ajouter ou retirer de la toile dix fois par jour… plus même quelquefois pour que la *Fleur* respire le vent au plus près, au toujours plus près…

Une fin d'après-midi, j'étais avec lui, assis à même le pont. Nous étions appuyés sur l'une de nos vingt-deux caronades[1] de dix-huit. Il fignolait ma connaissance des nœuds. Déjà le nœud de pêcheur, le nœud d'élingue,

---

1. Canon court.

la demi-clef renversée ne me donnaient aucune difficulté, pas plus d'ailleurs que le nœud d'arrêt ou le demi-nœud. Nous étions donc à défaire et à faire des nœuds de chaise que je mettais aussi l'un dans l'autre avec l'attention de quelqu'un qui veut apprentisser de plus en plus vite, quand il arrêta net ses conseils, tendant l'oreille et l'œil vers le ciel comme pour y déchiffrer un message personnel.

– Fanandel, on laisse ces nœuds pour aujourd'hui et on va prendre quelques ris[1] tout de suite dans nos huniers[2]. Que je sois privé de rhum une semaine entière s'il n'y a pas nécessité de perdre de la toile !

Il avait lu l'air et la mer et le ciel. Il savait que nous étions déjà dans l'au-delà de la mer, là où les coups du ciel ne préviennent guère avant de fondre sur les navires et de les outrager à l'extrême. Il donna ses ordres. Tous les hommes et moi-même montèrent aux haubans pour gagner les vergues. De là-haut, j'observai un instant les bavelures blanches qui coiffaient les vagues et une boule gris-noir qui bouchait l'horizon ; boule que le ciel pointait sur nous comme un boulet

---

1. Prendre un ris, c'est diminuer la surface d'une voile pour diminuer l'action du vent ; inversement, on largue les ris pour augmenter la surface de voile.
2. Voile carrée située au-dessus des basses voiles.

de dix-huit livres. Cet ensemble annonçait un grain… Job Kéravel parcourut le pont comme un insensé pendant les manœuvres, houspillant tout son monde. Le capitaine ajoutait ici et là un ordre de plus quand c'était nécessaire. C'est lui qui envoya Gros-René Nantais vérifier la fermeture de tous les sabords[1] ; lui encore qui me fit courir vers les poules, pour avec une attrape assujettir leurs cages doublement. Les ordres pleuvaient. Tanguy-cul-d'œuf était resté en haut de la misaine. Il écoutait le début de la conversation entre le petit tourmentin[2], le vent et la moitié de la moitié de la grand-voile qui restait tendue au-dessus de nos têtes. Tanguy-cul-d'œuf était sans doute le meilleur marin du bord après le capitaine Barnabalec et Job Kéravel.

Toutes nos manœuvres furent achevées en à peu près quinze minutes de temps, tous les hommes ayant eu à contribuer à ce que j'appelais pour moi-même le déshabillage de la *Fleur* qui roulait en ce moment défaite de presque toutes ses voiles. J'allais apprendre pour la première fois que quand la mer se tourmente, il ne fait pas bon la regarder en face.

---

1. Ouverture destinée au passage de la bouche du canon.
2. Petit foc utilisé par gros temps et fabriqué dans une toile très solide. Autrefois, on appelait aussi tourmentin le perroquet du beaupré.

Le grain était sur nous, et la violence de la pluie était telle qu'à un moment je la crus capable de percer notre peu de voile ou de me crever un œil. D'un seul coup ce fut la nuit. Le ciel s'était noirci absolument, donnant le signal du grand déchaînement des flots. Derrière les nuages, j'entendis les grondements répétés du tonnerre, mécontent déjà semblait-il que la face de la mer lui fût voilée. Les premiers éclairs sur nous donnèrent des instants de lumière blanche qui me firent croire le navire devenu squelette fou, squelette dont les os parlaient au ciel. La foudre cherchait sa proie. Je craignais qu'un creux de vague plus creux que les autres ne nous fasse culbuter cul par-dessus tête. Pour plus de sûreté, je pris le bout d'une drisse[1] qui dansait contre le mât de misaine et je m'y enroulai, serré au mât... Ce faisant, j'aperçus deux secondes à l'arrière, près de la barre tenue à quatre mains par le capitaine et Job Kéravel, ma Gwenn Blanche, trempée elle aussi, qui restait, fixée là, devant les déchaînements de la mer et du ciel. Elle semblait n'avoir aucune crainte d'être saucée par les paquets de mer ou par la pluie qui visait mille et mille fois tout son corps.

---

1. Cordage servant à hisser une voile, une vergue, un pavillon.

Le premier craquement qui se produisit fut accompagné de trois cognements et de l'écrasement de je ne sais quoi. Moi qui avais pris le parti de ne regarder rien d'autre que mes poules dégoulinantes, à quelques mètres de moi, je me tournai vers l'arrière. Notre pont s'éclairait comme si une ronde de korrigans, chandelle en main, encerclait le navire. C'était la succession d'éclairs qui nous illuminait ainsi. Cette lumière blanche était vive de folie. C'est elle qui me permit de voir Job Kéravel, Tanguy-cul-d'œuf et deux hommes d'équipage rouler plus que marcher vers le craquement entendu par tous. Je les vis agir sans se concerter. Job leur tendit une guinde[1]. Ils réussirent à amener un des canons qui avait glissé, frappant et déchirant la grande écoutille où pour le moment il restait coincé. Après beaucoup d'efforts, ils le remirent à sa place, bien retenu. Là, cette-fois, il ne risquait plus d'aller et venir comme un bélier attaquer le grand mât. Depuis le début de la tempête, deux heures, peut-être trois, s'étaient écoulées. Pas un seul signe ne laissait croire à une prochaine accalmie.

Je me sentis tiré par la manche. C'était le coq. Il était arrivé près de moi à quatre pattes depuis sa cambuse !

---

1. Cordage.

Je le suivis, ce qui fut périlleux tant la *Fleur* s'inclinait et piquait du nez en même temps dans la mer. J'arrivai et tombai entre le fourneau et le four à pain. Je pris les deux grandes boîtes de biscuits qu'il me tendait. Je partis, d'un bout à l'autre du bateau, donner un peu à manger aux matelots qui sans cesse avaient tiré sur un cordage, calé encore un espar[1] ou défait définitivement le grand mât de sa toile. Le coq tentait de me suivre dans la coursive sous le pont où la mer allait et venait presque à sa guise. Le coq distribuait en plus à chacun, pour son réconfort, un boujaron de rhum. Quelques hommes étaient à l'abri du gaillard d'avant qu'ils avaient fermé et colmaté autant que faire se peut avec un prélart[2]. Ils me semblèrent aussi bons à essorer que les autres qui trimaient encore sur le pont ou que ceux qui retenaient la folie de la barre.

Quand je revins sain et sauf à la cuisine, le coq me fournit quatre tranches de lard, du pain à peine mouillé et une bouteille clissée remplie de vin. Avec ces provisions, je devais repartir vers le carré de commandement qui servait de salle à manger à Gwenn Blanche et

---

1. Longue pièce de bois pouvant être utilisée comme mât, comme vergue, etc.
2. Toile goudronnée utilisée pour couvrir certaines surfaces d'un navire afin d'éviter que l'eau y pénètre.

au capitaine. J'y allais par le dessous, utilisant encore le faux-pont[1] qui n'était toujours pas plus sec qu'une écrevisse nageant entre deux eaux. J'y arrivai mouillé mais chaud de tous les efforts que je faisais depuis une bonne heure pour nourrir tous les mortels présents sur notre *Fleur*.

Dans le carré, je trouvai ma bonne Gwenn Blanche et le petit Louis, au sec. Lui, dans un angle, roulait des yeux ronds qui semblaient suivre le mouvement des flots. Ses deux mains croisées sur son estomac tentaient sans relâche de réduire le roulis qui l'habitait. Elle, ma bonne Gwenn Blanche, était assise à table les deux yeux fixés sur une carte marine. Ses lèvres pincées avaient la couleur vive des fraises des bois. Elle me reçut simplement, exactement comme si tous les dieux de toutes les mers n'activaient pas ensemble les vents et les flots autour de nous, et sur nous-mêmes. Sans rien dire, je me débarrassai du boire et du manger que je posai au sol de crainte que tout ne tombe si j'utilisais la table.

– Yves-Marie, as-tu peur à cette heure ?

– Non, madame.

– Vraiment, non ?

---

1. Plancher inférieur de l'entre-pont.

– La *Fleur de blé noir* est un bon navire. Il parle aux vagues sans faiblir. Il leur tient tête.

– Aide-moi…

Elle me prit la main et, se servant un peu de ma propre force pour ne pas tomber, elle nous dirigea de trois pas vers un coffre fixé à la cloison. Elle en sortit deux verres épais et jaunâtres. Sur sa demande, j'allai jusqu'à la bouteille et je remplis les verres du vin que j'avais mené jusqu'ici, n'en versant que quelques gouttes à côté. Elle en but un verre entier et me tendit l'autre.

– Partage-toi cela avec Louis. Tous nous avons besoin de forces.

Je bus quelques gorgées et j'offris à Petit-Louis le reste du verre. Il hésita. Je le devinais malade du trop de tangage, du trop de roulis et du trop de peur imposés par cette tempête hurlante, sous laquelle gémissait notre bateau, tremblant de toutes ses membrures, comme apeuré de voir des lunerelles et des fufolles d'âmes errantes. Il but cependant le reste du verre d'un seul coup et me sourit malgré les déchaînements qui dessus et dessous de nous continuaient.

– Ce vin portugais va redonner de la vigueur à notre sang, affirma Gwenn Blanche.

J'allais ouvrir et refermer la porte du carré pour m'enfuir sans laisser un paquet de mer arriver jusqu'ici quand un grondement de tonnerre nous rendit sourds et presque morts de peur tous les trois. Le navire se cabra sans doute comme un cheval, car nous nous retrouvâmes tous trois mélangés l'un dans l'autre au point de ne même pas oser démêler nos membres. Des hurlements passèrent au travers des cloisons. Je réussis enfin à me rétablir et, sans réfléchir plus, j'abandonnai Gwenn Blanche et Louis assis sur le plancher du carré, serrés l'un contre l'autre. Quand j'arrivai sur le pont, je compris que le diable y était passé avant moi. Le tonnerre était tombé par deux fois ici, blessant le grand mât assez pour qu'il perde la moitié de lui-même et que cette moitié mal retenue par les haubans pris de convulsions ne dévaste le pont. Léon Le Bartz qui était jusqu'à ce jour le chef armurier du bord, ayant pour lui la charge des canons, des boulets et de la poudre protégée dans la sainte-barbe[1], gisait, démantelé. Il avait reçu le mât et un morceau de vergue sur son corps. J'allai vers lui, mais j'aperçus des flammes. Dans sa course, la foudre était descendue dans le cœur des œuvres vives de la *Fleur de blé noir* et avait allumé son feu quelque part sous le faux-pont.

---

1. Compartiment situé à l'arrière des anciens vaisseaux et où étaient entreposés le matériel d'artillerie et les poudres.

– Prenez Le Bartz à vous, lança Job Kéravel, et mettez-le au sec du mieux possible !

Son ordre s'adressait à moi et à Gros-René Nantais qui poussait déjà de tout son poids pour dégager notre camarade.

Job Kéravel attaqua le feu avec tous les autres, sauf le capitaine qui était encore le maître de la barre. Cette fois, nous étions complètement embabouinés dans les ennuis, et la tempête ne reculait pas d'un pouce. Sa respiration nous violentait toujours autant, plus peut-être. Gros-René Nantais usa d'une force dont je ne le savais pas capable. Il réussit avec son corps à lever assez l'extrême pointe du mât. Il poussait avec son dos. Je dégageai Le Bartz en le traînant par les pieds. Quand ce fut fait, nous le descendîmes avec mille difficultés jusqu'au carré où ma Gwenn Blanche et le jeune Louis n'avaient pas bougé. Avec nous ils prirent soin de notre camarade qui geignait, mourant déjà.

Gwenn Blanche, qui était assise au sol, prit la tête du malheureux sur elle et le berça comme un enfant. Elle devina qu'il allait mourir. Tout doucement, elle se mit à lui chanter :

L'amour de moi si est enclose
Dedans un joli jardinet

Où croît la rose et le muguet
Et aussi fait la passerose

Ce jardin est bel et plaisant
Il est garni de toutes fleurs
On y prend son ébattement
À la belle saison à toute heure

Regarde bien pour toi je pose
Pour toi suis blanche comme lait
Et douce comme un agnelet
Vermeillette comme une rose

Ainsi mourut Léon Le Bartz qui était né à Saint-Pol, en terre bretonne, lui qui n'avait depuis toujours entendu que le chant des vagues.

Pendant ce temps, sur le pont, les flammes avaient renoncé à achever leur sinistre ouvrage. Job Kéravel et les autres avaient noyé le feu mais la *Fleur* avait pris un des mauvais coups de la foudre. Nous étions percés à l'eau sur une longueur de cinq pouces et il fallait, malgré les vagues et le vent qui continuaient à rugir, colmater au plus vite.

La tempête dura longtemps encore et un jour gris et sale s'était installé sur notre infortune depuis quelques heures quand nous nous mîmes à redonner une vraie vie à la *Fleur*.

Tout d'abord, on dégagea le pont des bris du mât qui encombraient. Ensuite, on largua quelques ris et l'on rétablit les perroquets[1]. Ouf ! Sauvés ! Nous étions sauvés ! J'étais étonné d'avoir toujours deux bras et deux jambes. J'étais fourbu, mais au complet… mes deux mains avaient encore leurs dix doigts, mes deux pieds aussi.

Le coup de vent devenu violente tempête de nuit avait molli. Il ne restait sur la mer encore grosse qu'une bonne brise.

---

1. Voile haute et carrée, montée au-dessus des huniers.

CHAPITRE V

Des armes trop bien cachées

J'avais du chagrin à présent que ma peur s'était éteinte. Chagrin, oui, de voir notre *Fleur* fatiguée et blessée.

Le vent avait soufflé assez pour décorner un bœuf sans réussir cependant à nous couler.

La journée se passa presque entière à soigner les blessures. Le pont fut dégagé des débris du bois éclaté, rompu, écrasé, qui montraient à quelle violence nous venions d'être soumis. Notre grand mât n'était plus qu'un moignon incapable de soutenir sa brigantine[1]. Nous embarquions toujours de l'eau et les matelots se

---

1. Voile placée sur le mât d'artimon (mât arrière) dans le sens longitudinal.

relayaient à la pompe. La foudre, qui s'était glissée au cœur même de la *Fleur* comme une vipère hurlante et fumante, avait frappé nos caisses à eau et endommagé les barils de légumes ainsi que les salaisons et la farine.

Quand le capitaine Barnabalec fut au fait de tous nos malheurs, il nous informa que notre *Fleur* ne nagerait donc qu'avec ses voiles du mât de misaine et son petit foc[1] qui avait résisté sur le bout dehors. Nous comprîmes alors que la mer serait désormais plus grande que nous qui allions avancer comme des infirmes incapables de courir sur les vagues. Il nous dit aussi que tous nous serions réduits à un demi-sétier d'eau par jour, pour arroser une once de biscuit et une once de lard, pas plus, à chaque repas. Une tranche de pain nous serait fournie en plus chaque deux jours seulement, beaucoup de notre farine étant corrompue par l'eau de mer.

Personne dans l'équipage ne protesta, mais je sentis un frisson de doute ou de peur ou de colère glisser sur tous les hommes. Tout étant dit, le navire ayant repris son cap, je fus désigné, moi le plus jeune, avec le plus vieux, Marzin, pour donner ordre à notre mort qui

---

1. Petite voile, à l'avant du navire, montée entre le mât de misaine et le beaupré.

était resté allongé dans le carré. Nous n'eûmes besoin que de quelques minutes pour le vêtir d'un caleçon et d'une casaque de toile. Nous le portâmes sur le pont. L'équipage se rassembla et le capitaine prononça quelques mots pour dire notre adieu à Le Bartz :

– ... Chaque homme est mortel et les hommes qui naviguent sont sans doute un peu plus mortels que les autres hommes. Que le corps de Le Bartz tombe au plus profond des flots et que son âme délestée de ses péchés aille, elle, au plus profond des cieux, là où les vagues sont seulement une mignardise qui rend heureux. Amen.

Gwenn Blanche s'avança et noua autour du cou de Le Bartz un mouchoir blanc sur lequel le lis rouge de fleur et de tige était brodé. Le capitaine fit signe à Marzin et ce fut fait : Le Bartz glissa sur la planche suiffée et doucement il se perdit de nous en descendant dans les dessous de l'eau.

Je me sentis très seul tout le reste du jour, moi qui n'avais jamais parlé avec Le Bartz. Je dus pomper jusque tard dans la nuit, accouplé avec Van den Chavée. Je m'endormis le cœur gros, en pensant à Soazig qui respirait là-bas, si loin, l'air de Koadoud.

La vie à bord était devenue plus dure. J'étais surpris par le changement du ciel au-dessus de nos têtes.

À présent, il était bleu du matin au soir et la nuit était chargée d'étoiles. Toutes les journées étaient chaudes, les nuits assez douces et le vent tellement faible que c'est à peine s'il donnait assez à respirer aux voiles. D'ailleurs, plusieurs fois par jour et par nuit nos voiles s'affaissaient.

Job Kéravel avait son coffre de charpentier ouvert depuis cinq jours ; moi, je partageais mon temps entre l'aide que je pouvais lui apporter, la cuisine et les pompes qui lâchaient l'eau à la mer jour et nuit, activées qu'elles étaient par tous les bras de tous les matelots.

Job et moi avions aveuglé autant que possible la voie d'eau. Mais cette réparation n'était que provisoire. La grande écoutille avait été refaite entièrement et quelques marches descendant au faux-pont, remplacées. Le travail continuait, le début d'incendie dû à la foudre ayant balafré de larges brûlures le cœur de la *Fleur de blé noir* du haut du pont jusqu'à la quille.

C'est un soir qu'un nouveau morceau de grande peur me tomba sur le crâne.

Je portais le repas de Gwenn Blanche, alors que la nuit venait de fermer sa paupière sur nous, quand je fus interpellé par Fish le Dieppois. Il était assis, appuyé contre le bordage, respirant là, en compagnie de trois matelots. Je reconnus en plus Manu Frisquet, juste près de lui.

– Alors, moussaillon, on sert la comtesse comme ça… sans rien donner en plus à ses camarades ?

– C'est pour notre dame, pour elle, Blanche-Blanche… répondis-je.

– Inutile de le dire, bigaille[1], hum… pas possible, c'est mieux que pour la duchesse Anne, tout cela…

Il était près de moi. Il sortit sa navaja[2] et désigna haut et fort chaque chose de mon plateau, comme s'il voulait informer les poissons de la mer de ce que je portais :

– Un verre vide… plus une bouteille de vin… une bouteille de bon vin, une belle bouteille pleine !

Il s'empara de la bouteille, l'ouvrit et versa quelques gouttes de vin sur la lame de sa navaja. Sans rien dire ou faire d'autre, il lécha la lame doucement, doucement, avec contentement.

– Hum… ce vin de Madère ou d'ailleurs est meilleur que le cidre de mon village.

Ayant dit cela, il reversa quelques gouttes sur sa lame et la tendit à Manu Frisquet qui lécha à son tour. Tous riaient. Il refit cette chose trois autres fois pour les trois autres hommes qui étaient là. Je regardais sans rien dire, apeuré et étonné que j'étais devant ce désordre-là.

---

1. Mousse.
2. Long couteau espagnol à la lame fine et recourbée.

Il reboucha la bouteille, la replaça sur le plateau. Il piqua ensuite de la pointe de son couteau la tranche de lard dessalé et la huma comme pour juger ainsi de sa qualité.

– C'est du bon… on peut pas dire le contraire : c'est du bon, du vrai bon ! Quand je pense que madame Blanche-Blanche se mange en plus un œuf chaque matin… ouille, j'espère qu'elle digère bien, la belle !

Les autres riaient. C'était vrai. Les quatre poules qui avaient été épargnées donnaient presque chaque jour un œuf. Le capitaine avait décidé que Gwenn Blanche en aurait un au petit déjeuner, les autres étant avalés par deux matelots blessés depuis l'affrontement avec la tempête. Ces deux-là avaient donné chacun à la mer un petit baril de leur sang !

Je repartis vers le carré porter le repas. J'entendis Fish qui disait aux autres :

– Quand on navigue sans vrai pavillon, tout est à tous. Personne ne doit avoir plus ou moins à travailler, plus ou moins à boire ou à manger. J'ai assez nagé sur toutes les mers et de toutes sortes de manières, pour savoir cela.

Cette nuit-là, après mes heures de pompage, je restai longtemps sans dormir, me demandant si je devais donner à Job Kéravel le récit de la séance que j'avais vécue, avec Fish et les autres. Je m'endormis sans avoir rien décidé, sauf d'éviter ce Fish le Dieppois et sa bordée dans laquelle j'avais repéré aussi Van den Chavée, le muet de Nieuport, dont le visage gros et rond m'intriguait tant il était couturé, rapiécé, autant certainement qu'un fond de culotte qui se serait dix fois déchiré aux épines d'une haie vive. Ce muet-là… les quelques mots qui sortaient de sa bouche quand il acceptait de parler n'étaient jamais rassurants.

Le lendemain de ce jour-là, nous connûmes le même temps chaud, le soleil tombant à midi presque à pic sur nous qui bougions peu dans l'air accablant.

L'après-midi, alors que presque tout l'équipage se reposait, aucune manœuvre n'étant nécessaire, la *Fleur* tenait son cap sans aucun souci, Tanguy-cul-d'œuf étant à la barre. Je profitai du languissement des matelots et du calme plat de la mer pour inviter Petit-Louis qui respirait l'air sec, les yeux braqués sur l'horizon bleu-blanc largué à notre poupe.

– Hé… tu regardes quoi là-bas ?

Il se retourna, surpris. Il n'avait pas entendu venir à lui mes deux pieds nus. J'étais habillé d'une simple culotte de toile. Lui avait souliers, pantalons et chemise blanche fermée, comme si la chaleur du jour ne faisait pas sans cesse fondre la graisse du corps. Seuls ses cheveux mi-longs ressemblaient à ceux de beaucoup de matelots, cela bien qu'il fût le seul avec Job Kéravel à les avoir aussi rouges que le lis brodé sur notre pavillon.

Avant de me répondre, il sourit timidement.

– Je ne regarde rien. La mer d'aujourd'hui est comme celle d'hier. Combien y a-t-il de poissons dans cette mer-là ?

– Peut-être un, peut-être mille, peut-être plus… on ne les voit pas.

– Yves-Marie, est-ce que les poissons savent tous nager ?

– Sans doute, sinon ils se noieraient.

J'avais répondu sans réfléchir. Après un instant, j'ajoutai :

– C'est comme toi et moi et l'équipage, on sait tous respirer sans avoir appris à respirer… la comtesse aussi sait respirer…

– Oui, elle respire comme les autres, même en dormant. C'est ce qu'elle fait en ce moment : elle dort, elle respire…

– Louis, connais-tu le navire ? Es-tu allé dans son ventre ? Dans son cœur ?

– Non. Je reste toujours par ici. Je ne suis pas de l'équipage, moi. Je ne suis pas à bord pour servir le bateau mais pour seulement servir la comtesse.

– Tu veux le voir, le ventre ? Le cœur ?

– Je peux ?

– Suis-moi.

Je connaissais la *Fleur* comme si elle avait été depuis toujours ma maison. Aucune de ses cachettes ne m'était inconnue. J'amenai Petit-Louis avec moi dans le faux-pont et, par les coursives, jusqu'à la cuisine. Le coq dormait la tête dans ses bras, affalé sur la table. Nous descendîmes dans le secret des soutes. Tout était en ordre. Les recharges du maître canonnier, notre pauvre Le Bartz, attendaient, à côté de la soute aux poudres. Nous nous assîmes près des barils éventrés de farine et de légumes. Ils avaient été torturés par l'incendie et l'eau de mer qui s'était glissée là. J'allumai un falot dont la lumière berça doucement quelques ombres autour de nous. Nous étions assis l'un près de l'autre. Louis trempa son doigt dans la farine salée.

– Regarde, me dit-il.

J'approchai le falot de son doigt que je regardais comme s'il s'agissait d'un trésor trouvé là.

– Regarde… ces lignes, ces chemins…

C'était vrai. La farine maquillait son doigt en blanc mais de minces fils tournaillaient en rond dans le blanc, comme de vrais chemins.

– Fais comme moi.

J'obéis et je regardai mon doigt. Il était comme le sien, tout blanc, mais aussi avec des chemins qui tournaient.

– C'est cela la route que doit suivre chacun, me dit Petit-Louis. Chacun de nous a sa route au bout des doigts.

Moi qui avais quitté Koadoud pour aller m'embarquer à Roscoff, je n'avais pas suivi mon doigt. En cet instant pourtant, je savais que si j'avais demandé à Soazig un peu de farine pour y plonger même toute ma main, c'est vers la *Fleur de blé noir* que je serais allé.

Après être restés l'un près de l'autre un petit moment, nous nous glissâmes plus avant encore, vers l'emplanture[1] du mât de misaine. Je voulais lui montrer la formidable naissance du mât, parce que c'était de là et de là seulement qu'aujourd'hui naissaient notre vie, et notre attente d'une vraie brise.

J'étais à quatre pattes devant lui. Je tenais le falot d'une main. Alors, bien obligé, c'est moi qui vis le premier le paquet caché là. C'était un morceau de drap de lin retenu par une liure. J'approchai ma lumière et je découvris dans ce paquet dont je défis les nœuds

---

1. Encaissement qui supporte le pied d'un mât.

cinq sabres, deux haches et deux pistolets, enveloppés un par un en plus. Je montrai le tout à Petit-Louis.

Nous remontâmes vite sur le pont et regagnâmes la poupe, à l'endroit où nous avions fait rencontre.

– Pourquoi ces armes cachées ?

– Je ne sais pas, mais chut, c'est notre secret ! Tu veux bien que ce soit notre secret ?

– Oui, Yves-Marie. Au revoir, je rejoins la comtesse qui est peut-être réveillée.

– Louis… avant d'aller, dis-moi, aimes-tu les œufs ?

– Autant que toi sans doute.

– Je t'en trouverai un pour ce soir ou demain matin.

Nous nous quittâmes sur ces paroles. J'étais heureux de ce moment, mais intrigué, inquiet même de notre découverte. À quoi ces armes pouvaient-elles servir, et à qui ? Mon devoir aurait été d'en parler à Job Kéravel, pourtant je ne pouvais m'y résoudre. Moi, simple mousse, si j'allais dire ma découverte au maître d'équipage, je ferais sans doute punir un ou plusieurs matelots. Non, décidément, parler de cela n'était pas mon travail.

Je me mis bientôt à mes occupations du soir. Cuisine tout d'abord, même si les portions à distribuer restaient maigres, et ensuite pompage de l'eau. Cette tâche ne cessait jamais.

Ce soir, j'avais une idée en tête : dormir vite après mon travail et me lever avant le soleil, bien avant. Me lever et voler un œuf à une de mes poules, pour l'offrir à Petit-Louis. Jamais je n'aurais fait cela pour moi-même, mais pour lui, en gage d'amitié, ce n'était pas pareil, ce n'était pas vraiment voler…

CHAPITRE VI

La disparition de Manu Frisquet

De crainte de ne pas me réveiller comme voulu, je me levai sans avoir même achevé mon premier rêve du petit matin. Je montai voir mes poules. La nuit était encore ancrée sous le ciel. Elles étaient toutes immobiles, serrées l'une contre l'autre, sans doute pour se protéger de la fraîcheur. Je décidai de les laisser un moment encore en paix et, sans plus de bruit qu'en aurait fait une ombre de chat, je descendis vers le cœur de la *Fleur*. Je pris un bout de chandelle que j'allumai et je me glissai vers ce fameux paquet que nous avions découvert, Louis et moi, bien décidé à le cacher ailleurs afin que personne ne se serve de ces armes-là pour escoffier son voisin de hamac. Sous le faux-pont, il n'y avait pas d'autres bruits que les grincements habituels indiquant que la *Fleur* vivait sur l'océan. Quand je fus à quatre pattes, prêt à m'approcher du paquet, je m'arrêtai net : deux yeux me fixaient dans le noir. La flamme de ma chandelle les faisait briller. Deux yeux, seuls… je me demandai bien à qui appartenaient ces yeux perdus, devant moi, sous mon nez… ces yeux tout seuls. Je n'osais plus respirer et j'entendais mon cœur battre si fort que je craignis un moment que ces coups dans ma poitrine ne réveillassent tous les matelots. Les yeux ne bougeaient toujours pas. Peut-être y avait-il là devant moi un de ces monstres de la mer venu visiter cette nuit le navire… un monstre qui peut-être s'en était allé en oubliant ici deux de ses yeux ? Peut-être était-ce les yeux d'une pieuvre suceuse de sang qui se serait infiltrée par un sabord ? Je ne bougeais tellement pas que je devins comme une pierre. Quand je me décidai à reculer, toujours à quatre pattes, mes jambes n'obéissaient plus et, d'un seul coup, alors que j'étais en difficulté, les yeux m'attaquèrent en sautant vers moi… Je levai mes deux mains pour protéger mon visage, ce qui eut pour conséquence de me faire m'étaler à plat ventre. L'espace d'un éclair, je vis les deux yeux passer à trois pouces de mon nez : deux yeux fixés sur un museau et courant à quatre pattes… c'était un rat ! Ouf !

J'avais eu assez peur pour être mouillé de sueur. Je m'assis pour calmer un peu mon cœur et rire de moi. Je pris ma chandelle et je regardai alentour si d'autres yeux ne me guettaient pas. Je vis le paquet d'armes qui était toujours là, en attente, pas plus soucieux des rats embarqués que des chauves-souris dormant tout le jour dans le clocher de Koadoud.

J'avais retrouvé mon courage et je m'apprêtais à m'emparer du paquet quand je perçus des craquements et le souffle court de quelqu'un qui semblait faire beaucoup d'efforts pour se faufiler par ici. Quand j'entendis jurer « Sacredieu de bondieu de Dieu », je fus convaincu qu'il ne pouvait s'agir que d'un matelot ! Je soufflai ma chandelle et je me cachai derrière le seul tonneau de farine qui tenait encore debout. L'homme arriva. Je vis d'abord sa main, celle qui tenait sa chandelle, et tout de suite il fut à quatre pieds de moi. Je le reconnus : c'était Manu Frisquet. Il éclairait la soute comme je l'avais fait tout à l'heure. Quand la lumière quitta le coin où j'étais caché, je risquai un œil et je le vis, à genoux, fixant le paquet qui était seulement à deux pieds de lui. Il se mit à parler seul, aussi lentement que d'habitude :

– Voilà voilà voilà sacré bondieu de Dieu… c'est ça… c'est bien ça… je vais remonter cet assortiment bien comme il faut… je vais et je vas le faire… j'arrive, camarades…

Il s'allongea à moitié pour bien saisir le paquet. Je compris alors qu'il allait vraiment s'en emparer et que moi, j'allais être privé de le cacher ailleurs. Alors, j'empoignai un morceau éclaté de bois de chêne qui venait d'un tonneau presque tout disloqué. Sans penser à mal, je m'approchai et plaff ! je donnai à Manu un bon coup sur le haut du crâne, juste assez fort pour l'endormir aussi bien que l'aurait fait une bouteille de rhum.

Il gisait complètement estourbi. Je pris sa chandelle et je me glissai par son côté pour aller me saisir du paquet. Il ne bougeait absolument pas, mais il respirait à son aise. Vite, je cachai le paquet dans un baril qui avait été vidé, lui, avant d'être bien égratigné par la foudre. Cela étant fait, je le repoussai le plus au fond possible et je fis glisser devant lui un autre baril et une caisse tout autant endommagés. Pour quelqu'un qui n'aurait pas inspecté la soute chaque jour, rien ne semblerait avoir changé de place.

J'allumai ma chandelle, pour laisser à Manu Frisquet la sienne que je fixai pas trop loin de sa tête. Il l'allumerait en se réveillant. Sans bruit, je remontai vite vers le pont. Je passai dans la cuisine sans voir le coq qui aurait dû déjà être au travail. Quand je retrouvai le grand air, une barre blanc et rose signalait l'horizon et la venue du jour. La *Fleur* filait à vau-le-vent dans les cinq nœuds ou presque.

La journée s'annonçait bonne. J'allai vers mes poules. Je me mis à genoux, mes yeux à hauteur de leurs yeux… je leur souriais. J'ouvris une cage. Sous moi, on parlait dans le gaillard. Je tendis l'oreille. Je reconnus une fois de plus la voix de Fish le Dieppois, ce qui était facile. Je ne comprenais pas les phrases. Seuls quelques mots arrivaient à mes oreilles : « armes… aube… hommes… surprise… fortune… ».

Mes poules avaient pondu trois œufs. Je les pris. J'en cachai aussitôt un dans mon bonnet et je descendis les deux autres à la cambuse. Le coq était là, l'œil fatigué.

– Yves-Marie, prépare les rations sans traîner !

Je remplis un mannequin[1] de biscuit, puis un deuxième. Lui faisait déjà cuire les œufs que j'avais rapportés. Comme chaque matin, je partis faire ma tournée et donner à chacun ce qui lui était dû.

La brise faisait parler, les matelots évaluant à leur manière le temps qu'il faudrait à notre *Fleur* pour joindre une terre. Quand je tendis à Tanguy-cul-d'œuf,

---

1. Panier.

qui était à la barre, sa part de manger, il me remercia en riant. Il me vit étonné, alors il m'annonça :

– Mon gars, je viens de voir en moins d'une heure trois oiseaux au-dessus de nos têtes.

– Pourquoi ne pas les avoir tués pour la soupe ?

– Non… mon gars, on ne tue pas un oiseau en mer quand on sait que c'est lui qui fait souffler la brise.

– C'est vrai cela ?

– C'est vrai… et les oiseaux annoncent en plus une terre prochaine. On arrive, moussaillon… on arrive…

Il partit d'un si grand rire que si un oiseau avait été là, il se serait envolé de peur !

Moi, j'allai vers le carré où j'espérais voir Louis.

Si le capitaine ou Job Kéravel m'apercevait, je devrais déguerpir mais… mais j'avais eu bien raison de tenter ma chance. Louis était là, contre le bordage, exactement au même endroit qu'hier. On aurait pu croire qu'il m'attendait.

– Bonjour Yves-Marie, le vent s'est levé.

– Il nous pousse vers la terre, elle n'est plus loin… Louis, regarde…

J'enlevai délicatement mon bonnet et, tout semblablement à un mime qui fait son tour sur ses tréteaux, je sortis l'œuf, par enchantement…

Il me sourit.

– C'est pour toi, prends.

– Pour moi ?

– Oui, pour toi. Allez, mange-moi ça.

Je compris devant sa mine étonnée qu'il n'avait jamais gobé un seul œuf de sa vie. C'était à peine croyable mais c'était vrai. Il n'avait jamais gobé un œuf de poule ou de pintade ou de pigeon. Il n'avait jamais rien déniché dans les haies non plus.

Je lui montrai comment il fallait faire et je lui perçai sur chaque pointe de l'œuf, qu'il tenait entre deux doigts, le petit trou nécessaire. Quand enfin il aspira l'œuf, je crois bien que ce fut une grande surprise pour lui de réussir l'exploit de tout avaler.

– Louis, tu vas grandir, un œuf c'est aussi bon qu'une bonne soupe pour prendre des forces.

L'œuf étant gobé, je le tins au courant de mes exploits, l'informant que Manu Frisquet gisait complètement endormi dans la soute.

– Que faut-il faire, Louis ?

– Le faire parler sans doute. Lui demander à quoi il veut que servent les armes… savoir qui il veut tuer…

– Le faire parler…

– Si tu le veux, je viens avec toi.

– Maintenant ?

– Oui. Maintenant, vite.

Nous descendîmes aussitôt vers le faux-pont. Par la coursive, nous traversâmes la *Fleur* sur tout son long. Au passage je déposai à la cuisine mes deux mannequins vides et je pris un bout de chandelle que j'allumai. Louis me suivit.

Arrivés dans la soute, incroyable mais vrai, il n'y avait personne, personne et rien. Manu Frisquet n'était plus là et les armes avaient disparu : les armes que j'avais moi-même cachées.

– C'est de la sorcellerie, dis-je. Il était allongé et les armes étaient ici !

– Yves-Marie, ce n'est peut-être pas plus de la sorcellerie que les deux yeux qui te fixaient dans le noir quand tu es descendu.

Avec ma chandelle à bout de bras, j'inspectais, sans rien comprendre. Que Manu Frisquet se soit réveillé aussi vite et soit parti… oui, pourquoi pas ? Mais, qu'en plus il ait emporté avec lui les armes cachées par moi, c'était pas croyable ! Faire tout cela, c'est beaucoup pour quelqu'un qui vient de recevoir un coup aussi grièvement porté sur la tête. J'étais tout étonné.

Louis s'exclama :

– Là… regarde !

Je portai la flamme de mon bout de chandelle vers l'endroit qu'il me montrait et je vis, sur de la mauvaise farine piétinée, des taches, une suite de taches de plus en plus grosses qui allaient se perdant vers les marches du faux-pont.

Nous nous penchâmes l'un et l'autre sur ces drôles de souillures.

– C'est frais.

– C'est frais, c'est du sang.

– Tu le crois vraiment ?

– C'est du sang, je le sais, ça se voit bien…

– Du sang de quoi ? De qui ?

– Difficile à dire, tous les sangs se ressemblent, mais c'est du sang.

Nous remontâmes sur le pont. La brise continuait à gonfler nos voiles sans faiblir. Malgré notre grand mât rompu à sa moitié, nous filions assez bien sous le vent.

– Je le dis à Job Kéravel, toi tu le dis à la comtesse.

– Moi, je ne peux rien dire. Personne ne sait que je suis descendu avec toi. Attends. Attends, ne dis rien encore. Attends d'avoir vu réapparaître Manu Frisquet à la manœuvre.

Je passai la matinée à travailler. C'était toujours la pompe qui demandait, à moi comme aux autres, le plus d'efforts.

Ce même jour, Jean Basque, qui n'avait pas dit un seul mot à quiconque depuis notre départ de Roscoff, pêcha un petit chien de mer. Il n'ouvrit pas la bouche pour autant. Son jeune requin fut incontinent mis à la chaudière par moi-même et le coq. Tout l'équipage mangea avec gourmandise une petite portion de cet animal-là, ce qui nous altéra tellement que tous prièrent Job Kéravel de demander au capitaine Barnabalec de nous accorder un coup d'eau à chacun. Ce dernier refusa, nous faisant savoir que l'eau manquait et que du peu qui restait on pouvait avoir plus grande nécessité.

Quand le soleil eut fait la moitié et plus de sa course dans le ciel bleu, je n'avais toujours pas vu le moindre morceau de l'ombre de Manu Frisquet. Je regardai partout dix fois sur le bâbord et aussi sur le tribord, devant et derrière, dessus et dessous. Rien. Rien. Rien. Le Dieppois était là, le vieux Marzin, Van den Chavée aussi. Ils travaillaient avec les autres de leur bordée. Gros-René Nantais avait remplacé Tanguy-cul-d'œuf à la barre. Derrière lui, le capitaine et Job Kéravel respiraient le vent en discutant ferme. La *Fleur* filait, pressée elle aussi de rencontrer une terre où éventer sa quille, pour se faire espalmer toute la carène et colmater bien comme il faut sa blessure.

CHAPITRE VII

Le négrier perdu en mer

J'en étais toujours à rechercher sur notre bord Manu Frisquet, quand quelqu'un s'égosilla en hurlant :

– Une voile là-bas, sous l'vent à nous !

C'était Tanguy-cul-d'œuf qui venait de se faire entendre. Il était agrippé dans les enfléchures[1], deux hauteurs d'homme au-dessus du pont. Il désignait une forme à l'horizon. Le capitaine Barnabalec, qui avait comme chacun entendu les mots de notre camarade, gagna l'avant de la *Fleur*, sa lunette de cuivre à la main. Tous les hommes regardaient le lointain, espérant que de l'horizon allaient jaillir des rôtis, du pain blanc, du cidre et d'autres trésors bons

1. Échelons de cordage permettant de grimper dans la mâture.

pour la bouche et le ventre. Le capitaine se mit sa lunette à l'œil. Job Kéravel, qui était resté à l'arrière près de la barre, indiqua à Gros-René Nantais la silhouette imprécise d'un bateau et aussitôt il fit obliquer notre *Fleur* légèrement, pour courir si possible, sus à la voile, sans nous ajouter le moindre morceau de toile.

À bord, seuls les yeux des hommes parlaient. Même les malades regardaient de toutes leurs forces. Nous étions dans des eaux où l'Espagnol, l'Anglais et tous les flibustiers fils de l'Olonnois, du capitaine Kidd ou d'Edward Teach pouvaient attaquer avec ou sans ruse.

Vite, nous gagnâmes sur le bateau que nous distinguâmes dansant d'une vague à l'autre, sans retenue. Plus nous approchions de lui, plus c'était le silence à notre bord. Le capitaine n'avait donné aucun ordre. Nous voyions se préciser un brick[1] défait, battu, vaincu par une tourmente qui s'était acharnée, plus folle que folle, plus saoule que saoule certainement sur ce navire : son grand mât était décharné, nu, seul un morceau de la grand-voile déchirée claquait encore entre mer et ciel comme une menace.

---

1. Navire à deux mâts gréés en carré, souvent utilisé par les pirates.

Nous nageâmes au plus près de lui, Job Kéravel commandant la manœuvre. Plusieurs hommes s'étaient équipés d'une gaffe pour attraper le bordage de ce fantôme qui gîtait sur l'eau et qui, venant contre nous en pleine nuit sous la lune, nous aurait donné certainement bien des peurs.

Tous les yeux de notre bord étaient fixés sur ce navire. J'en profitai pour aller sur le gaillard d'arrière où ma bonne Gwenn Blanche regardait comme nous autres. Petit-Louis était près d'elle, et moi, c'était près de lui que j'allai me mettre à la cape.

– La *Perlette*, c'est son nom. Est-ce possible que la tempête ait violenté à ce point ce navire ?

Je ne lui répondis pas. J'étais comme tous les autres, j'avais le cœur gros. Cette *Perlette*, ce brick… était mort. C'était un mort que la mer portait à présent doucement, le balançant un peu de bâbord à tribord comme pour achever de l'endormir avant de l'engloutir à jamais. Tous nous étions là, invités imprévus d'un terrible enterrement organisé au milieu de la mer. Le morceau de voile qui claquait était peut-être un linceul impatient sur lequel soufflait le démon. Je me mis à penser que la mer et le brick avaient été mariés l'un à l'autre avant de se battre à mort.

Un matelot de la *Fleur de blé noir* changea de bord.

Tout de suite, un funin[1] lui fut lancé et, aussitôt après, un second. La *Perlette* vite amarrée à nous s'immobilisa presque, comme un enfant endormi dans des bras qui l'ont bercé. Mais ce n'était pas un enfant. C'était un mourant qui attendait, un mourant n'ayant plus même la force de jeter un grappin du côté de la vie.

– Je ne vois toujours pas Manu Frisquet, dis-je à Louis.

– Il est caché quelque part ! Il n'a pas pu s'envoler avec un de ces oiseaux qui sont passés au-dessus de nous, quand même !

– Caché ? Caché mieux qu'un rat alors, parce que même ses yeux sont invisibles.

La *Perlette* étant à présent bien assurée contre notre bord, Job Kéravel passa sur elle avec le capitaine Barnabalec. Un matelot les accompagna. Ils rejoignirent celui qui le premier avait changé de bord. Tous, nous les regardions avec anxiété, craignant qu'un diable ne surgisse avec pieds fourchus et brûlants pour demander ce qu'ils faisaient là sur ce bateau qui était à lui. Job Kéravel et le capitaine, ne semblant rien craindre, disparurent de notre vue et descendirent vers le sous-pont.

---

1. Cordage non goudronné.

Notre *Fleur*, depuis son accouplement avec la *Perlette*, était dépossédée de toutes ses voiles. Fière sur l'eau, elle était déshabillée.

Un bref moment s'était passé depuis que le capitaine et Job Kéravel étaient dans le cœur du brick mutilé, quand nous entendîmes successivement deux coups de feu. Aussitôt, les deux matelots qui étaient restés à l'air sur le pont s'engagèrent dans les coursives pour aller voir si notre capitaine et notre quartier-maître étaient en péril. Sur la *Fleur*, personne encore n'avait recommencé à parler et depuis longtemps aucun de nous n'avait bougé. La comtesse était elle aussi toujours là. C'est le capitaine qui réapparut le premier ; il fit signe que tout allait bien et les hommes lancèrent un hourra dont la force aurait gonflé une grand-voile si notre navire en avait porté juste à ce moment.

Le hourra n'était pas encore éteint que surgirent trois femmes, absolument noires de haut en bas. Elles étaient jeunes et presque nues. Seul un chiffon de toile pendait de leurs hanches. Elles se ressemblaient comme les œufs d'une même poule. Elles semblaient effrayées et se serraient l'une contre l'autre. À peine étions-nous revenus de cette surprise que surgit un géant, noir aussi, et aussi peu vêtu que les femmes. Job Kéravel et les deux matelots le suivaient. L'homme noir avait un bras légèrement blessé, semblait-il. Il le tenait contre son corps, évitant de le bouger, craignant peut-être qu'une bonne douleur ne le guettât là pour surgir. De l'épaule jusqu'au-dessous du coude, une croûte de sang séché faisait ressembler tout son bras à une pierre qui aurait été un peu de couleur incarnadine. Après bien des silences, cette surprise fit parler chacun. Interrogations et exclamations ne manquèrent pas !

Le capitaine fit conduire les quatre Noirs dans notre faux-pont où seuls Job Kéravel et Tanguy-cul-d'œuf les accompagnèrent. Peu après, Job Kéravel reparut seul et les ordres se mirent à pleuvoir sur l'équipage.

La *Perlette* prenait tellement l'eau, déchirée qu'elle était, que c'était risqué d'y être lié aussi solidairement que deux bœufs de la même charrette.

J'accompagnai le capitaine et quatre matelots dans les œuvres vives de la *Perlette* pour tout visiter et voir ce qui pouvait être récupéré. Pendant ce temps, Job Kéravel commença avec les autres hommes à balancer des guindes sur le grand mât et à débiter à la hache tous les abords de l'emplanture. Son idée était simple : le grand mât de la *Perlette* pouvait remplacer le nôtre cassé par la foudre. Jamais nous ne trouverions aux îles, sans nous attarder beaucoup, un arbre assez beau pour rivaliser avec ce mât-là. Quand ce fut la fin de l'après-midi, les hommes étaient tous épuisés, presque morts de fatigue. Tous avaient travaillé sans plus manger et sans plus boire. Certains ressemblaient à des bêtes prises au piège. Des bêtes dont les yeux montrent tour à tour du désespoir et de la violence.

Les tâches étaient toutes accomplies et notre *Fleur de blé noir* avait repris sa route, courant gentiment sous l'haleine tiède et régulière du vent… courant en traînant derrière elle le grand mât de la *Perlette* que nous ne pouvions guinder[1] à notre bord en pleine mer ; grand mât qui bientôt serait établi sur la *Fleur* dès que nous aurions touché une île et trouvé une petite crique accueillante où nous échouer pour compléter notre gréement.

Ce grand mât fut la seule chose d'importance que nous donna la *Perlette*. À bord, ni eau, ni vivres, ni rien, ni personne. Personne sauf les quatre esclaves que nous avions trouvés. Quatre personnes, quatre êtres humains, noirs… quatre esclaves.

La nuit était tombée depuis un petit moment, la *Fleur* courait sur la mer sans avoir besoin d'aucun soin dans sa mâture, quand Job Kéravel vint me trouver à la cuisine. J'avais fini de laver et tout était propre.

---

1. Hisser un haut mât.

– Yves-Marie, tu iras porter une part d'eau et une part de pain à ceux que nous avons trouvés. Ils sont allongés dans le faux-pont. Ne crains rien. Ils t'attendent. Je viens encore de les rassurer.

– Qui ils sont ? D'où ils viennent ? Que leur est-il arrivé ?

– Ce sont des esclaves, je te raconterai. Lui, Attiembo, est un chef, un grand chef. Va leur porter à manger.

Il sortit, me laissant seul avec cette tâche. C'était facile de donner à chacun un morceau de pain et un peu d'eau, mais je n'osais pas descendre vers eux. Tranchant le pain qui avait été cuit la veille avec notre dernière bonne farine, je me demandais bien dans quel pays de nuit ces quatre-là avaient pu grandir. Avant de descendre les nourrir, je partis vers le gaillard d'arrière voir un peu si Louis était visible. Il l'était. Assis, toujours appuyé contre le bordage, toujours au même endroit, il laissait docilement son corps aller et venir avec le tangage.

– Louis, tu dors ?

– Non, je voudrais bien dormir pour oublier ma faim, mais je reste éveillé, complètement.

– Viens.

– Où ?

– Viens. La comtesse ne va pas te réclamer encore ce soir ?

– Je ne sais pas, je ne crois pas.

– Viens !

Il se leva et me suivit jusqu'à la cambuse. Je lui demandai de m'accompagner dans le faux-pont, le temps de nourrir un peu nos hôtes imprévus. Il fut tout de suite d'accord.

– Louis, ils sont noirs…

– Je le sais. Je les ai vus. Ils ont deux pieds et une tête comme toi et moi. Ce sont des êtres humains, la comtesse l'affirme.

– Louis… toi… t'es… un être humain ?

– Oui, humain comme chacun.

Arrivé dans le faux-pont avec mon falot d'une main et mon mannequin d'osier de l'autre, je les vis tous les quatre, d'un coup. Ils étaient immobiles, assis. Je les éclairai et leur donnai les provisions.

– Prenez. C'est à manger. C'est pour vous.

– Merci.

C'est lui, Attiembo, qui avait parlé.

– Vous savez parler ?

– J'ai une langue dans la bouche.

– Vous savez le parler français !

– Un peu… un peu l'anglais… un peu le portugais… un peu le danois… un peu l'espagnol…

Nous n'échangeâmes aucune autre parole. Je

remarquai que son bras avait été soigné. Je le laissai avec les trois femmes, dans l'ombre. Ils n'étaient ni attachés ni enfermés.

Sur un navire, on ne peut partir qu'au fond de l'eau ou jusqu'au ciel, avait dit Job Kéravel. C'était vrai. Louis et moi repartîmes de la cambuse jusqu'au tillac, par l'écoutille la plus proche du mât de misaine. Des hommes étaient là, plus affalés que des voiles déventées. Des hommes, ensemble... toujours les mêmes, avec Fish le Dieppois et Van den Chavée en tête de leur bordée.

– Cordieu, regardez cette bigaille de mousse qui a fait le gargouillou pour les sauvages ! Le manger donné à ces Noirs-là, c'est ça en moins pour nous lester l'estomac.

Je ne voulais pas répondre, sachant depuis longtemps la méchanceté de ce Dieppois qui parlait toujours en mal de chacun et de chaque chose. J'avançai pour passer mais il me fit tomber en jetant dans le noir sa jambe sur mon passage. Je me retrouvai allongé sur le ventre sans pouvoir me relever et à peine mes genoux et ma figure eurent-ils touché les planches du pont qu'il sauta sur moi comme un chat. Il fit signe à Louis de déguerpir. Je ne restai pas longtemps à embrasser le pont malgré moi !

Il mit la pointe de sa navaja sur mon cou et me prévint :

– Silence, bigaille, ou je te saigne pour le compte !

Je fermai les yeux, je serrai les dents et, sans avoir le temps de penser à rien ou d'avoir peur, je me sentis levé et enlevé. Je fus moitié porté, moitié poussé jusqu'à l'écoutille et, de là, je descendis sans trop savoir comment je faisais, jusqu'à la soute où j'avais vu pour la dernière fois Manu Frisquet.

Ils étaient quatre à me tourmenter, mais c'était Fish le Dieppois qui menait l'affaire. À ses ordres, Van den Chavée ne parlait pas, mais…

– Dis vite où il est, demanda le Dieppois.

Je savais à peine où je me trouvais moi et je ne comprenais pas sa question. Je ne répondis pas. Je fixais le bout de la chandelle qu'il tenait devant ma figure. J'étais serré dans un coin, ne pouvant faire un seul geste. Je sentis une pointe se poser sur mon bras et, aussitôt, une brûlure sèche, dure.

Une main sur ma bouche m'empêcha de crier. Je sentis le sang couler dans ma manche de chemise découpée. Van den Chavée venait de m'estafilader sans prévenir. Le Dieppois me reposa sa question :

– Où est Manu ? Qu'en as-tu fait ? Qu'en avez-vous fait, vous autres ?

Je n'eus pas le temps de répondre, une fois de plus, que je n'en savais rien. Un coup de sifflet venu du dessus de nos têtes les fit déguerpir à triple vitesse, comme des moustiques qui s'affolent. Je restai à genoux dans mon coin, serrant ma chemise autour de la blessure de mon bras.

Avant qu'une vraie lumière ne vienne jusqu'à moi, je vis des ombres se balancer dans la soute. Ces ombres n'annonçaient pas un feu de saint Elme descendu du haut de notre misaine pour venir me protéger. Derrière les ombres, je vis venir Job Kéravel, accompagné de Louis.

– Ouille, fanandel, te voilà bien caché ! Ouste, suis-moi si tu peux tenir sur tes jambes et si tu as tes deux pieds avec toi.

Je me levai tout tremblant. Moi qui n'avais pas pris le temps d'avoir peur quand j'étais attaqué, je tremblais à présent, dans toutes les parties de mon corps. Louis me prit la main et m'aida à me tenir droit et à avancer.

Nous passâmes par la coursive de tribord pour gagner l'arrière de la *Fleur* et le carré de commandement. J'y arrivai sans beaucoup de forces. Je m'assis, Louis tenant toujours ma main. Il semblait que sa main qu'il calait dans la mienne faisait entrer un peu de vie neuve dans mon corps. Elle était comme une respiration de plus qui m'était donnée.

Autour de moi, il y avait la comtesse ma bonne Gwenn Blanche, Job Kéravel, le capitaine, Tanguy-cul-d'œuf. Sur un signe du capitaine, Tanguy-cul-d'œuf me versa une ration de rhum que j'avalai sans savoir s'il allait me rafraîchir ou me brûler. Sans dire un seul mot, le capitaine sortit et son lourd pas frappa le pont au-dessus de nos têtes. Louis m'aida à retirer les restes déchirés de ma chemise, tout teintés de rouge sang.

– Ce rouge, c'est le rouge du lis de notre pavillon, Yves-Marie, me dit la comtesse.

Est-ce le fait qu'elle s'adresse à moi aussi simplement qu'à Job Kéravel ou qu'au capitaine, ou est-ce le rhum que je venais de boire ? Je ne sais : le fait est que je sentis mes deux joues devenir rouges à leur tour, ce qui prouva qu'il me restait assez de sang dans le corps pour vivre un bout de temps !

Job Kéravel me fit tremper le bras dans un seau d'eau de mer, pour laver ma blessure. Ensuite, il me le serra avec une bande de tissu. Il serra un peu trop à mon gré.

– Fanandel, demain, tu laisseras ton bras nu deux heures au soleil, après je te remettrai un linge bien blanc autour et tu pourras remonter dans les haubans comme un vieux cul goudronné de gabier qui aurait navigué cinquante ans.

Il sortit. La comtesse le suivit.

Louis me lâcha la main et, souriant, me demanda de le suivre. J'allais mieux et, l'un derrière l'autre, nous montâmes sur le pont. Nous nous installâmes sur le plancher du gaillard d'arrière. Assis, je l'écoutais.

– Quand j'ai vu que tu étais tombé et quand j'ai vu l'autre sauter sur toi, je suis allé prévenir la comtesse. Je lui ai tout raconté, tout : les armes cachées, Manu qui vient et disparaît… tout. C'est elle qui a appelé Job Kéravel à l'aide.

Longtemps nous restâmes là, sans presque parler, sous la lune. La *Fleur* filait. Son beaupré[1] perçait la nuit. Nous nous levâmes pour regarder le mât de la *Perlette* qui traînait derrière nous sans plus de soucis qu'un promeneur dans la nuit.

– La *Perlette* était un bateau de traite, dit Louis.

– De traite ?

– Oui, il vendait des hommes et des femmes.

Une voix derrière nous ajouta :

– Des hommes, des femmes et des enfants.

---

1. Mât oblique dépassant à l'avant du navire.

C'était Job Kéravel qui nous rejoignait. Il regarda comme nous l'avions fait le mât de la *Perlette* qui nageait derrière nous. Comme s'il se confiait à la mer sombre malgré la lune, il dit :

– Cette *Perlette* ne fera plus mourir d'hommes, de femmes, d'enfants. Elle ne les enchaînera plus. Les bourgeois de Bordeaux qui l'avaient armée attendront longtemps cette fois leur bénéfice. La *Perlette*, et sa cargaison, est quelque part là-dessous, au-dessous du dessous des vagues, avec Manu Frisquet.

– Avec… Manu Frisquet ?

– Oui, fanandel… tu l'avais assommé et c'est presque dans mes bras qu'il s'est réveillé ! Je le guettais depuis longtemps, lui et les autres. Si tu n'avais pas eu la chance de l'estourbir, je l'aurais fait à ta place. Seulement tu as cogné et tu es parti… Alors quand Manu a ouvert l'œil, ce fut pour me voir moi ! Il a compris : il a sorti une lame qu'il avait en réserve mais c'est ma lame à moi qui lui a fait rendre l'âme. Paix à son âme. Je ne voulais pas cela… maintenant, silence. Personne ne doit encore savoir. Dans pas longtemps, il y a quelques rats de notre bord qui vont vouloir ronger plus que leur part et, ma foi, il sera temps de charger nos caronades avec ces coquins pour faire éclater leur âme !

Il se tut. Ni Louis ni moi n'osâmes ouvrir la bouche. Un moment passa. Il sortit d'une de ses poches son tabac et sa pipe et partit sans rien ajouter.

CHAPITRE VIII

Mutinerie sous le vent

J'avais passé une nuit agitée. La fatigue, la faim et tous les événements des dernières heures semblaient avoir mis mon sommeil sous la protection de l'enfer.

À mon réveil, je n'eus pas le temps de me rendre à la cambuse prendre les ordres du coq. Job Kéravel était devant moi quand j'ouvris les paupières. Il m'invita à rejoindre le gaillard d'arrière, ce que je fis. Mon bras allait mieux. La tiédeur des tropiques annonçait une belle journée. Un agréable vent arrière menait la *Fleur* droit devant elle avec la vivacité d'un renard sortant d'un poulailler.

Le coq fit seul sans rien dire la mince distribution de biscuits. Chaque part était un peu rongée par les vers. Un matelot trop faible pour travailler était assis à même le pont, regardant sa ration sans savoir s'il devait l'avaler tout de suite ou attendre qu'un peu d'eau douce lui soit donnée pour l'aider à mâchouiller malgré son peu de force.

Job Kéravel me demanda d'attendre les ordres du capitaine. Ni Louis ni la comtesse n'étaient visibles. Gros-René Nantais tenait la barre avec peine.

Lui, comme les autres, avait la faim et la peur au ventre. Il tenait la barre par habitude, par devoir… s'il avait été invité à partager le cuir d'une semelle de soulier bien bouillie dans l'eau de mer, il n'aurait certes pas dit non !

Le capitaine me demanda de gagner les haubans et de me loger dans les enfléchures pour guetter une terre.

– Il n'est pas possible, dit-il, que toutes les îles aient disparu de cette mer.

J'obéis.

Je montai m'installer, craignant le pire, tant j'étais faible. Se percher au-dessus de la tête des autres, c'était prendre le risque de s'étourdir et donc de s'écraser sur le pont. Je m'établis sur le marchepied d'une vergue, me retenant de mes deux bras à la vergue elle-même.

La mer était aimable pour la *Fleur* qu'un vent régulier poussait sans qu'il soit nécessaire de modifier nos voiles. Je laissai mon menton reposer sur cette vergue basse où j'étais à présent bien fixé. Une voile y était serrée, sans possibilité de s'offrir au vent. Elle resterait ainsi tant que notre mât rompu ne serait pas remplacé.

De ma position, je dominais le pont. J'étais aussi haut perché qu'un curé sur sa chaire. C'était assez pour bien voir l'horizon toujours dégagé ; assez pour rêver à la bonne soupe de Soazig ou encore aux crêpes qu'elle faisait quelquefois pour notre maître, à Koadoud. Je me laissais bercer, la *Fleur* avançant sur la mer sans à-coups. Je dus faire un effort pour ne pas m'endormir.

Les yeux ouverts, je luttais contre le languissement qui m'assiégeait. Le temps passait. Sous moi, sur notre pont, peu d'activité. C'était comme si la *Fleur* savait où aller, sans demander sa route à l'équipage. Je cherchai Louis du regard, mais sans le trouver. Il devait être près de ma bonne Gwenn Blanche à se reposer.

Je vis Fish le Dieppois et sa bordée habituelle. Ils venaient tous vers notre arrière par bâbord, sauf Van den Chavée qui, de l'autre côté du pont, face à eux avançait furtivement.

La mer était vide. Je me fatiguais les yeux sans rien voir d'autre que la ligne ronde de l'horizon et aussi quelques poissons volants qui sortaient, me semblait-il, de l'eau pour éviter la *Fleur* et la laisser aller… Je me serais peut-être assoupi, tout autant à cause de ma faiblesse que du bercement que m'offrait le bateau, si des criailleries ne m'avaient pas d'un seul coup secoué le corps et les yeux ! J'avais reconnu la voix rouillée de Fish le Dieppois, encore plus querelleuse qu'à l'ordinaire, tant il criait. Il n'était pas devenu fou, non ! Il tenait ma bonne Gwenn Blanche en hurlant. Il lui tenait les deux mains qu'il lui avait attachées dans le dos. Il braillait des ordres. À côté de lui, Louis était attaché aussi, ainsi que le capitaine Barnabalec qui était saucissonné par une guinde, de sa tête jusqu'à ses pieds.

Fish, Van den Chavée et huit ou neuf matelots s'emparaient de la *Fleur* ! Ils étaient armés de pistolets, de sabres et deux matelots portaient même une hache. Ils venaient certainement de réussir leur coup ; ils tenaient prisonnier notre capitaine et le menaçaient de mort ainsi que Gwenn Blanche, si quelqu'un tentait de s'opposer à leur action.

Étrangement, personne ne pensait à moi. J'étais perché au-dessus de tout ce monde ; fort occupé, j'étais absent de cette action… témoin seulement. Plus calmement, Fish se fit entendre :

– Cordieu, ceux qui ne sont pas avec nous sont contre nous ! S'il y en a un à bord qui ne veut pas changer de capitaine, autant qu'il saute à la baille tout de suite voir si les poissons qui nagent dans la mer ont de meilleures idées que les poissons qui nagent sur ce pont !

Personne ne broncha. Les matelots qui n'étaient pas mutins encore étaient trop lâches ou trop faibles pour se battre.

J'étais le mieux placé pour voir la mine de chacun sans être vu. Personne ne songeait à lever la tête. Nos voiles restaient gonflées, et la *Fleur*, comme si rien de particulier ne se passait, filait vent arrière. Job Kéravel manquait à l'appel. Avait-il été tué dans le carré quand les mutins s'étaient emparés par surprise du capitaine et de Gwenn Blanche ? Tanguy-cul-d'œuf aussi était invisible. Moi, je ne bougeais pas d'un souffle, ne sachant que faire pour le moment.

– Marzin, va nous chercher les quatre nègres ! Ils sont de trop à bord et ils seront mieux à nourrir les poissons qu'à manger nos rations.

Marzin, craintif, partit sur notre avant et disparut dans le faux-pont.

– Toi, le coq, allume-nous ta chaudière et flanques-y les poules qui restent ! Un peu de volaille nous récompensera de nos efforts. Apporte aussi une ration de rhum pour chacun.

Les hommes se mirent à rire. Tout ceci leur semblait à présent une bonne plaisanterie qui allait calmer leur faim.

Gwenn Blanche, Louis et le capitaine furent allongés sur le pont, face contre le plancher. Tanguy-cul-d'œuf saignant comme un porc fut amené et placé près d'eux. Jusqu'alors, Gwenn Blanche avait observé la scène sans baisser les yeux, son regard ne se posant jamais sur le Dieppois qu'elle avait depuis le début ignoré superbement. Le capitaine, lui, n'avait rien perdu de sa fierté, tant qu'il avait été debout. Il était certainement prêt à mourir plutôt que de quémander la moindre grâce.

Fish parla à l'oreille de Van den Chavée, quelques mots seulement. Sans répliquer, ce chien partit avec deux matelots et disparut par la grande écoutille. Fish le Dieppois, qui avait ôté à Gwenn Blanche sa longue écharpe de soie rouge, se la mit autour du cou et y attacha ses pistolets qui pendouillèrent ainsi de chaque côté de lui, juste à la hauteur de ses mains. Il commença à bourrer sa pipe. Tout en s'apprêtant à fumer, il plaisantait sans cesse. Il était devenu un vrai moulin à paroles.

– Ce bon vieux Flint, qui eut son temps sur cette mer, ne réussit, j'en suis sûr, jamais un coup pareil !

L'or de cette comtesse est à présent dans notre poche, matelots, sans compter ce que l'Anglais, l'Espagnol ou le Hollandais va verser dans notre cale si par malheur pour lui il croise notre route ! Sûr de sûr, le vieux Flint n'a jamais eu cette chance !

Marzin revint avec les quatre Noirs qui se demandaient bien ce qui se passait.

– Qu'on me balance ces quatre-là par-dessus bord, ils ont fait leur temps ici. Mettez-leur deux boulets de dix-huit livres sur le ventre ; avec un peu de lest, ils voyageront mieux vers le fond de la mer.

Attiembo d'un coup comprit la situation. Il fit un pas vers Fish, protégeant les trois femmes qui ne comprenaient pas qu'on voulait les mettre à mort. Aussitôt, six ou sept hommes sautèrent sur le nègre, le bloquant avant de lui lier les chevilles.

– Bigre de Dieu, cette tête de goudron n'a pas l'air de mon avis !

Attiembo, chevilles liées, se remit debout. Fish continua à se moquer :

– Je me demande bien quel jeu cette vieille crapule de Flint aurait inventé pour se divertir avec ces quatre nègres noirs ?

– Fish, tu n'es pas Flint et tu ne mourras pas aussi simplement que ce vieux forban de toutes les mers !

Tous se tournèrent comme un seul homme vers la poupe de la *Fleur*.

Job Kéravel, arrivé par l'extérieur, comme sorti de la mer, était assis sur le bordage, pistolets pointés sur le chef des mutins.

Il était arrivé là vraiment comme un de ces poissons volants qui tombent quelquefois sur le pont des navires.

Fish le Dieppois ne broncha pas. Il regardait l'arme qui le visait.

– Apprends, canaille, reprit Job Kéravel, que Flint mourut dans son lit, à Savannah, un jour de pleine chaleur, sans même confier à son ombre où il avait caché ses trésors. Toi, tu vas rendre l'âme en te balançant à une vergue. De là, tu pourras te rendre utile en bénissant avec tes pieds la mer et ses poissons.

Silence. Pas un matelot n'ouvrit la bouche. Fish lui-même ne répliqua pas. Il fit une grimace seulement. Personne ne bougeait. La *Fleur*, insouciante, continuait sous le vent.

Accroché à ma vergue, je voyais tout et chacun. Job seul contre tous était sûr de lui, semblait-il. C'est vrai qu'il était certainement le plus courageux. Alors ? Tirerait-il ? Fish allait-il s'avouer vaincu ?

Personne n'osait encore ouvrir la bouche ou bouger un peu.

Tout à coup, je vis Van den Chavée qui avançait, allongé sur le pont. Il progressait à la manière d'un serpent. Il s'arrêta à une petite distance de la scène, dissimulé qu'il était par les matelots toujours figés comme des pierres. Il se mit à genoux et je le vis prendre son poignard à lame fine. Il se redressa d'un coup, rapide comme une vague déferlante, et avec habileté il lança son arme pour tuer Job Kéravel. Le poignard partit, avec la même violence qu'une balle de pistolet… Exactement en même temps, Attiembo bondit au milieu de tous et c'est lui qui reçut l'arme qui se planta sèchement dans son corps.

Tout s'était passé en un instant. C'est le rire du Dieppois qui fit revenir chacun de sa surprise.

– Assez joué, Kéravel ! Jette ton arme à la mer, sinon il y a dix matelots qui sauteront assez vite pour te mettre le grappin dessus… pas vrai, les gars ?

Les mutins remuèrent vaguement la tête, ce qui pouvait tout autant laisser croire qu'ils étaient d'accord… que pas d'accord. Job ne bougea pas. Le Dieppois leur fit signe. Dix arrivèrent, Van den Chavée en tête, armes aux poings : c'était fait. Impossible certainement que Job Kéravel vienne seul à bout de ces chiens.

Sans vraiment réfléchir, je sortis de ma poche mon tranchelard et je coupai les ralingues qui retenaient

serrée la voile sur la vergue où j'étais. Au risque de perdre l'équilibre et de me tuer en tombant, je coupai… Quand les mutins passèrent sous moi, la voile leur tomba sur les épaules et sur la tête.

Ce qui se passa ? Je ne sais pas bien. Job Kéravel profita de la surprise pour sauter sur le Dieppois et le maîtriser. Quand les hommes se défirent de la voile carrée qui venait de les envelopper comme un linceul, leur chef était réduit et ils ne pensèrent pas à se battre. Gros-René Nantais était près de Job Kéravel, Van den Chavée s'enfuyait vers l'avant de la *Fleur*. Je descendis sur le pont. Le vieux Marzin s'avança avec deux matelots et ils m'aidèrent à délivrer de leurs liens Gwenn Blanche, le capitaine et Petit-Louis. Ensuite, j'aidai Tanguy-cul-d'œuf à s'asseoir. Sa blessure ne saignait plus et il souriait…

En peu de temps, l'ordre fut rétabli. Fish le Dieppois, Van den Chavée furent mis aux fers à fond de cale. Le capitaine s'adressa aux autres mutins, leur demandant de regagner leur poste de travail. Au moindre manquement, le premier surpris à marcher de travers serait pendu !

Nous avions deux blessés. La lame de Van den Chavée s'était enfoncée entièrement dans l'épaule d'Attiembo. Tanguy-cul-d'œuf, lui, avait reçu un coup de pennbazh[1] sur la tête et avait perdu une oreille !

Job s'activa à les soigner tous les deux. Le capitaine fit distribuer aux meilleurs d'entre nous le contenu d'une bassine de rhum chaud et décida que les poules seraient mangées sur l'heure, chaque blessé profitant d'un bon morceau et d'un peu de sang pour mieux se rétablir.

Je reçus mille compliments, de Job Kéravel mais aussi de Gwenn Blanche, du capitaine et de Louis qui n'en revenait pas de mon audace. Moi, j'avais fait cela sans réfléchir, sans mesurer ce que je faisais, sans me rendre compte que le destin avait placé la vie de la *Fleur* entre mes mains.

Les émotions n'étaient pas finies ! Je pris ma ration de rhum et je remontai sur une vergue. Levant la tête, je vis devant moi, au fond de l'horizon, une longue bande brune. Je me mis debout sur la vergue. Oui, c'était bien cela, sûr… c'était vrai ! Droit devant nous, une terre venait à notre rencontre. Je respirai un grand coup et je criai à tous :

– Terre, terre, terre, là… devant nous !

---

1. Mot breton qui désigne un gros bâton.

CHAPITRE IX

Le secret de Petit Louis

Terre !...

Nous naviguâmes au plus près du vent pour nous approcher de cette terre, autant que possible avant la nuit. Les courants qui ceinturaient l'île la protégeaient de notre arrivée. Ils étaient si contraires à nous qu'ils nous interdirent de débarquer ce jour-là.

Lorsqu'il fut nuit, le capitaine prit soin de faire allumer un falot à notre poupe et un autre à notre proue ; il fit donner de l'eau et un vrai repas à chacun. Il savait que, devant nous, nous trouverions de quoi nous rafraîchir convenablement le lendemain. Les hommes de l'équipage étaient si fatigués par la famine qui avait duré à notre bord et par les émotions de cette journée qu'ils ne poussèrent aucun cri de joie en recevant leur pitance. Il restait encore un œuf pondu la vieille… il fut pour la comtesse.

C'était la nuit. Je fus invité à rester prendre mon manger à l'arrière de la *Fleur*, avec Louis… Depuis que j'avais fait tomber la voile du haut de la vergue où j'étais posté, j'étais devenu presque un grand personnage ! C'est l'un appuyé contre le gaillard, l'autre contre le bordage que nous avalâmes nos vivres. Le ciel était au-dessus de nous comme un drap, et les étoiles me faisaient songer aux jonquilles qui viennent broder les premiers beaux jours de mon pays d'Argoat.

Le capitaine, la comtesse, Job Kéravel et Tanguy-cul-d'œuf dînèrent dans le carré. Gros-René Nantais mangea assis à même le pont, appuyé contre la barre qu'il avait bloquée. Lui, il ne s'emplissait le ventre que d'un seul œil, si je puis dire. Il avait été désigné pour assurer la première garde. À l'avant, c'est Jean Basque qui devait veiller : près d'une terre inconnue, la prudence est toujours nécessaire. Nous avions jeté l'ancre dans une anse de bas-fonds, mais nous n'étions que peu éloignés de la falaise qui protégeait l'île.

Nous entendions les vagues régulièrement s'affaler sur la côte. Nous autres, à l'arrière, avions eu droit à un grand verre de vin du Portugal, plus sombre et plus épais que le sang qui avait coulé de la tête de Tanguy-cul-d'œuf ou de l'épaule d'Attiembo. Eux avaient bu pour se réconforter quelques bonnes goulées du sang des poules, avant d'en sucer comme nous les os bouillis de la carcasse.

– L'oreille de Tanguy-cul-d'œuf, qu'est-elle devenue ? me demanda Louis.

– Je ne sais pas. Elle est peut-être tombée à la mer…

– Elle est peut-être en promenade sur notre *Fleur* à écouter tous les secrets.

– Quels secrets ? Tout le monde sait tout, maintenant que Fish et Van den Chavée sont faits comme des rats, dans la cale.

– Oui, mais une oreille en promenade peut écouter peut-être les secrets d'avant. Les secrets que chacun avait sur la terre de Bretagne.

– Moi, Yves-Marie Kerguézennec, je n'ai traîné aucun secret à bord.

– Même si tu cherches dans ta tête et dans ton cœur ?

– Même si je cherche.

– Yves-Marie… Tanguy-cul-d'œuf, il va entendre seulement la moitié des mots ? La moitié du vent ?

– Non. Les oreilles, c'est comme les yeux, m'a dit Marzin.

– Comme les yeux ?

– Oui, avec un seul œil, si je te regarde, je te vois en entier. Avec une seule oreille, on entend tout, à ce qu'il paraît.

Cette nuit-là je parlai, me dit-on, beaucoup dans mon sommeil, m'adressant tout autant aux chauves-souris de mon clocher de Koadoud qu'à Fish ou qu'à la comtesse. C'est Louis qui me raconta tous mes mots prononcés en dormant. J'avais passé la nuit allongé, calé contre le bordage. Il m'avait couvert d'une épaisse vareuse de laine qu'il avait trouvée dans un des coffres du carré de commandement. Il faut dire que dans cette région du monde, si le climat est fort chaud le jour, il est très frais la nuit, ce qui rend l'air sain à respirer, je crois.

Ce premier matin, le soleil se leva devant l'île, presque d'un coup, comme s'il était pressé de s'en aller. La vie à bord reprit, chacun évitant de parler de la mutinerie.

Le capitaine mesura notre situation et informa Job Kéravel et la comtesse que nous étions ancrés entre le premier et le second parallèle, après la ligne équinoxiale tirant vers le tropique du Cancer. Je compris mieux quand il me montra comme aux autres la carte marine.

– Nous voici environ à 313 ou 314 degrés de longitude et, si j'ai raison ce matin, notre latitude est bien entre le 12 et le 13. Il y a beaucoup d'îlots et quelques grandes îles dans cette région du monde.

Le capitaine fit mettre à la mer une chaloupe et huit hommes à son bord pour la faire nager. La *Fleur* fut tirée doucement par cette chaloupe qui nous tenait par une encablure de cordage. Nous commençâmes ainsi à rôder à la côte, cherchant l'endroit le plus sûr où donner carène à notre *Fleur*.

C'est le capitaine qui avait pris la barre. Il cherchait sans cesse à mettre un peu de vent dans nos voiles pour aider les huit hommes et les quatre avirons de notre chaloupe. Job Kéravel et Tanguy-cul-d'œuf reluquaient la côte de leurs « quatre-z-yeux »…

Nous traînions ainsi depuis moins d'une heure quand Job Kéravel désigna pour nous une petite troupe de sauvages qui couraient sur la falaise, faisant à notre attention mille gestes pour être remarqués.

Job Kéravel plusieurs fois les salua… Tanguy-cul-d'œuf aussi. Bientôt, les politesses à distance se multiplièrent et presque tous ceux de notre navire agitèrent les mains et les bras en réponse aux amabilités que nous devinions.

Avant midi, nous allâmes mouiller vis-à-vis d'une

minuscule île posée à l'embouchure d'une douce rivière. Nous rangeâmes la *Fleur* au plus près de la terre qu'il était possible, notre idée principale étant de raccommoder notre coque avant de nous doter d'un nouveau mât. Ce lieu paraissait pratique et, de là, nous apercevions la montagne qui chapeautait, semblait-il, toute l'île. Nous distinguions aussi des sortes de jardins qui descendaient vers la mer, profitant ici de l'absence de falaise.

Le capitaine fit mettre en panne et, dès après, une seconde chaloupe chargée d'une douzaine d'hommes nagea vers le rivage où déjà la première qui nous avait guidés était arrivée. Les Indiens qui par gestes nous avaient fait tant de gentillesses nous attendaient avec plus de cassaves qu'il n'en faut pour nourrir dix équipages ! Ils nous regardaient avec grande curiosité. Il faut dire que tous nous étions devenus de vraies anatomies ! Après tant de privations, on voyait plus nos os saillants que le reste de notre corps. Plusieurs Indiens savaient assez franciser leurs mots pour que nous prenions langue avec eux.

En fin d'après-midi, nous étions établis. Beaucoup d'entre nous logeaient chez un Indien, qui employait avec sa famille toutes sortes de caresses et de persuasions pour que nous restions sous son toit de branchages. Nous étions trop peu nombreux pour satisfaire à toutes les invitations et ceux qui avaient un matelot avec eux étaient bien heureux : ils nous le faisaient savoir avec un langage qui sortait plus du fond de leur gosier que de leur bouche.

Ce soir-là, nous oubliâmes les misères que la faim nous avait fait endurer. Les Indiens nous invitèrent tous à un festin si grand qu'on l'aurait cru préparé pour des rois.

Gwenn Blanche et le capitaine Barnabalec avaient donné à leur chef des miroirs, des clous et plusieurs mètres de cotonnades ornées d'oiseaux, plus des mouchoirs de Cholet, blancs à raies rouges. À tout cela s'ajoutaient, pour la parure, des colliers de perles colorées.

Pour la première fois de ma vie, je goûtai des bananes cuites dans la cendre chaude. Louis était près de moi à festoyer. Gwenn Blanche était servie par plus de dix Indiens et n'avait pas besoin de lui. Nous mangeâmes des daurades grillées, de l'igname bouillie, qui, je dois le dire, ressemble un peu à la pomme de terre de Bretagne, et puis du pain fait de farine de manioc. Sur cette île, comme nous l'apprîmes plus tard, entre le volcan de la montagne et le bord de la mer, les dieux laissaient tout pousser et je ne fus pas le seul à savourer pour la première fois ces fruits que l'on nomme papaye et ananas. Comme Job Kéravel, c'est d'ananas que je me régalais le plus. Ce fruit est plus présent sur cette île que les artichauts au pays de Léon, vers Saint-Pol ou Roscoff.

Le lendemain de ce jour-là où nous avions mangé plus que notre dû, nous eûmes tous de grandes douleurs au ventre. Peut-être nos entrailles s'étaient-elles rétrécies pendant tous ces jours de souffrances ? Peut-être avions-nous trop mâché et croqué à belles dents les nourritures offertes, en voulant nous rassasier complètement et pour toujours ? Heureusement, Job Kéravel, constatant notre maladie, nous conseilla à tous d'avaler un peu de graisse de tortue. Oui, cette graisse très vite nous soulagea.

Le capitaine Barnabalec avait décidé de pendre Fish le Dieppois et Van den Chavée avant même que nous commencions à guérir notre *Fleur de blé noir* de toutes ses blessures restées ouvertes depuis la tempête. C'est le lendemain de notre arrivée dans l'île, dans l'après-midi, qu'ordre nous fut donné de regagner tous notre bord pour assister au supplice des deux chefs mutins qui avaient voulu tuer avec cruauté plusieurs d'entre nous. Attiembo, qui depuis que nous avions touché l'île se plaisait avec les Indiens plus qu'avec nous-mêmes, resta à terre. Ses femmes le gâtaient de canne à sucre dont la douceur du jus semblait lui faire oublier ses malheurs… et guérir sa blessure.

Quand Fish arriva sur le pont, il avait bonne mine, même si ses joues étaient creuses et noires de barbe. Les cordes qui se balançaient au-dessus du pont pour les pendre, lui et Van den Chavée, ne lui faisaient, aurait-on dit, aucune peur. Van den Chavée ne regardait que la mer, comme une fiancée qu'on laisse derrière soi alors qu'on voudrait encore l'embrasser. Nous étions tous là, au pied du mât de misaine. J'étais près de Job Kéravel, un peu devant l'équipage. Nous attendions que viennent vers nous, partant de l'arrière du navire, le capitaine et la comtesse.

– Je crois bien qu'il est plus agréable d'être pendu ici, en plein soleil sous le ciel bleu, que sur le quai des exécutions à Londres, me souffla Job Kéravel.

– Pourquoi cela ?

– Là-bas, à Londres, la brume est quelquefois si épaisse qu'il n'est pas du tout sûr qu'un pendu voulant prendre la route de l'enfer ne se perde pas et… se retrouve au paradis !

Le capitaine arriva. Il marchait de conserve avec la comtesse. Derrière eux, à deux pas, Louis suivait. Tous ceux qui avaient un bonnet l'ôtèrent et, sous le ciel, il n'y eut que silence. Venant de l'île, on entendit cependant le cri mélancolique d'un toucan, juste avant que ne parle le capitaine.

– Corsairiens, marins libres de la *Fleur de blé noir*, vous avez tous juré sur la hache et sur la Bible de m'être fidèles et d'être fidèles à notre pavillon de soie blanche marqué d'un lis rouge. Ce faisant, vous avez juré d'être bord à bord avec la comtesse Gwenn de Garlantezec qui a armé ce vaisseau. Sur mer, tous les mutins sont pendus comme il faut. Aussi, ces deux chiens méritent-ils simplement la mort.

Tous, nous écoutions. Beaucoup baissaient la tête, craignant que leurs yeux ne croisent ceux de Fish le Dieppois ou ceux de Van den Chavée de Nieuport. Il faut dire que nous n'étions pas bien résolus sur nos jambes pour les voir mourir. La corde pour être pendu guette toujours celui qui navigue, qu'il soit corsaire, flibustier, gentilhomme de fortune ou pirate de n'importe quelle espèce. Pour l'heure, nous écoutions notre capitaine et c'est tout. Aucun parmi nous n'aurait même osé chiquer un morceau de tabac.

– Corsairiens, ces deux chiens vont recevoir leur châtiment… mais pour mourir ils devront attendre. Pas parce que personne ici ne saurait dire la messe des morts ; pas parce qu'aucune cloche ne sonnerait le branle des trépassés, mais parce que la comtesse, notre comtesse, a décidé malgré moi de gracier ces canailles. Nous les abandonnerons plus tard sur une île déserte. Qu'on les attache par leurs poings liés au mât ! Que le dos du premier soit tourné vers le bâbord, le dos du second vers le tribord !

Job Kéravel les attacha solidement, aussi calmement et sûrement que s'il avait fait cela toute sa vie. C'était toujours le silence parmi nous. Le capitaine reprit :

– Chacun d'eux va recevoir soixante coups de garcette[1], après cela le mousse du bord pourra jeter un baquet d'eau de mer sur ce qui restera de leur dos.

Job Kéravel prit une des garcettes qui pendouillait à l'attache sur le plat-bord de l'écoutille, mais il n'eut pas le temps de faire trois pas vers les suppliciés pour se mettre aux ordres du capitaine. La comtesse Gwenn Blanche elle-même avança au-devant de lui. Elle était bottée de cuir et ses pantalons de toile blanche la serraient sous les genoux. Sa chemise de dentelle, blanche aussi, était fermée au col par un lis rouge. Cette pierre qui captait les rayons du soleil était comme une tache de sang rappelant à tous le sang de Tanguy-cul-d'œuf et celui d'Attiembo qui avait coulé… Elle prit la garcette

---

1. Petit cordage tressé.

des mains de Job Kéravel et posément se plaça derrière Van den Chavée. Sans attendre aucun signal, elle commença à fouetter, comptant tout haut chaque coup.

Quand elle arriva à soixante, le dos de Van den Chavée était labouré, saignant, absolument dépiauté. Job Kéravel me tendit un baquet d'eau que j'allai jeter à la baille avant de le remonter, aux trois quarts rempli d'eau de mer. Je jetai cette eau sur Van den Chavée qui ne réagit pas. Son corps ne répondait plus, ni à la douceur de l'eau, ni au sel de la mer.

Sans rien attendre, la comtesse se saisit d'une autre garcette et continua sa tâche en fouettant Fish le Dieppois. Elle comptait toujours les coups à haute voix. Elle frappait fort mais sans méchanceté. Elle donnait son dû, ni plus ni moins, à celui qui, il y avait peu de temps, avait voulu la tenir prisonnière et tuer les autres, sans aucun souci.

Pas un mot ne fut ajouté et la cérémonie s'acheva. D'un geste, le capitaine indiqua la cale où furent traînés et mis aux fers Van den Chavée et Fish le Dieppois. Ils étaient plus morts que vifs.

La *Fleur de blé* noir fut vidée de toutes les marchandises qu'elle contenait ; vidée aussi de Fish et Van den Chavée qui, enchaînés, furent couchés dans une cahute sous la bonne garde de quatre Indiens. La *Fleur* fut tirée sur l'ourlet de cette embouchure où nous étions restés ancrés. À marée descendante, elle s'inclina sur un lit de sable et, au commandement de Job Kéravel, le travail commença aussitôt. Une bonne odeur de goudron se répandit vite. Le raccommodage de la coque blessée fut confié à une moitié des hommes, d'autres grattèrent la couche de coquillages qui s'agrippait à notre quille et à notre étrave. Tous, nous avions des tâches précises, le capitaine Barnabalec n'ayant guère envie de beaucoup séjourner sur cette île.

Moi, le coq, Marzin et Gros-René Nantais, nous devions nous occuper des vivres. Le capitaine, Tanguy-cul-d'œuf, la comtesse et Attiembo étaient partis ce matin pour quatre heures de marche sur de très mauvais sentiers, accompagnés d'un Indien. Ils allaient jusqu'à l'autre pointe de l'île. Sur cette pointe-là demeurait, avions-nous appris, un vieil aventurier espagnol qui commerçait avec tous les navires de passage, que ceux-ci soient pirates ou simples marchands ayant quelque nécessité. Ma bonne comtesse et le capitaine essaieraient de recueillir là-bas quelques informations sur l'île de la Croix-Morte et sur la situation de l'infortuné chevalier que nous venions délivrer.

Aux îles, tout se sait, tant sont nombreux les

vaisseaux qui vont et viennent avant de rejoindre un continent, ou qui naviguent simplement pour le bon plaisir d'un flibustier guettant une prise.

Chez l'Espagnol, ils furent reçus avec honnêteté et apprirent que le chevalier restait vivant, prisonnier toujours au vieux fort des moines construit sur cette île de la Croix-Morte. Leur hôte précisa que le fort était le repaire de pirates aussi fous et sanguinaires que leur chef, Bartholomée de Belleville. Celui-là avait, paraît-il, une barbe toute rousse… rouge sang. Une barbe tire-bouchonnée en petites tresses qu'il accrochait quelquefois à ses oreilles ! Encore, ils surent que si le vieux fort portait ce nom, c'est parce qu'il était attenant à un monastère et que les moines qui y vivaient s'étaient faits les cuisiniers des pirates pour ne pas périr sous leur fer et leur feu.

Dans mon équipe de ravitaillement, nous nous partageâmes le travail. Nous convînmes que le coq trouverait une dizaine au moins de petites poules de l'île, des poules frisées qui remplaceraient celles que nous avions fait cuire depuis notre départ de Roscoff. Marzin, lui, devait collecter des fruits et particulièrement des bananes, des ananas, des papayes et des citrons. Gros-René Nantais avait décidé qu'il se chargerait des provisions d'ignames, de patates et de manioc. Moi, je devais aller chercher une source d'eau bien pure, assez facile d'accès, et y rouler nos futailles que tous quatre nous remplirions plus tard avant de les pousser vers notre *Fleur*. Chacun partit de son côté. Moi, je m'enfonçai sous les arbres, prenant le risque d'être moqué par quelques perroquets ! J'allai droit vers le pied de la montagne qui n'était guère éloignée. Je m'avançai, suivant des traces toutes fraîches qui m'indiquaient un chemin à suivre. Je m'étais déjà glissé sous le couvert d'à peu près trois cents pas, faisant s'envoler quelques pigeons ramiers et même un grand gosier de pélican, quand j'entendis le chant léger de l'eau qui court… qui tombe et court encore.

Je m'approchai un peu, sachant déjà qu'une belle eau douce dansait dans ce coin-là. Mais… incroyable ! Ce que je vis m'immobilisa autant qu'un menhir qu'aucun vent ne peut faire bouger. J'étais comme à l'affût, caché par quelques branches et par le tronc d'un corossolier. Tel que j'étais, figé, mes membres refusant de bouger, on aurait pu me croire prêt pour un meurtre ou un complot. Mais si tout mon corps refusait d'obéir, c'est parce que l'émotion était trop grande. Devant moi, Louis se baignait, profitant de l'eau fraîche et pure pour jouer avec elle, tout en lavant son corps.

Mais… il n'était plus garçon, il était fille !!! Il était elle, et moi qui n'avais jamais vu un corps blanc de fille sans vêtement, j'avais la bouche sèche d'émotion. Il était belle, plus me semblait-il que les Indiennes de l'île, peintes de rouge ; plus que les jeunes femmes d'Attiembo qu'admirait tout l'équipage. Il était une reine blanche, une reine de lait : il était blanche lait. Le voyant plus lisse qu'un miroir, sa peau m'était une musique faisant silence. Il était là… Elle, oui elle, belle comme une bague d'or jetée par une fée au fond d'une fontaine. Quand elle se rhabilla, j'eus l'impression que sa chemise l'attendait, impatiente de reprendre la forme de son corps.

Heureusement pour moi, les fruits du corossolier n'attirèrent pas son attention et, quand elle partit vers la plage où l'équipage guérissait la *Fleur de blé noir*, elle ne me remarqua pas.

J'étais resté immobile depuis déjà longtemps, quand d'un coup mon corps se détendit comme une voile qui claque sous les sautes du vent. J'attrapai une branche du corossolier et je la secouai de tous les côtés pour montrer au ciel, à la terre, à la mer là-bas, la joie qui était en moi. Je me mis à chanter à pleine voix :

Elle est plus belle que la beauté

Haul away !
Old fellow away !
J'n'étale plus j'suis éventé
Haul away !
Old fellow away !

Le lendemain, quand le capitaine et la comtesse revinrent avec dix hommes, dix esclaves de l'aventurier espagnol portant des provisions diverses vendues à nous, la *Fleur de blé noir* était bien raccommodée et son mât, bien planté en elle, attendait seulement d'être habillé par de belles vergues et de la toile toute neuve.

L'aventurier espagnol nous avait vendu cent quarante gondes de bière, cent jambons, quarante quartiers de lard, des sardines et des anchois en tonneaux. Tout cela ne nous avait coûté que cent boulets de huit livres, un demi-quintal de poudre, cinq pièces de toile à voile, vingt planches de chêne et un câble de cent vingt-cinq brasses[1]... De notre côté, nous avions fait le plein prévu avec poules, fruits, eau, manioc, patates, ignames : nous regorgions de vivres frais.

Les nuits de l'île, je venais de les passer près de

---

1. Ancienne unité de longueur utilisée en marine ; une brasse = 1,624 mètre.

Louis. Je ne lui avais pas encore avoué que je savais qu'il était fille : fille plus belle qu'un ciel débarbouillé après la pluie. J'avais résolu de tout lui dire avant l'aube à venir. Demain, nous serions de nouveau en mer et nos rencontres seraient plus improvisées. Nous étions allongés, chacun sur son lit de coton, sous un toit de branchages soutenu par quatre troncs plantés en terre. Toute la journée, les Indiens avaient usé avec nous et les autres de toutes sortes de fantaisies et encore de beaucoup de gentillesses pour nous garder sur leur île. Tous étaient tristes que nous les quittions. Les Indiens ! Aucune journée depuis que nous étions là, ils n'eussent mangé un poisson, un fruit, ni même l'agouti[1] qu'ils aiment tant, qu'ils ne nous eussent conviés à manger avec eux. Louis et moi savions bien ce soir que nos Indiens se lèveraient au moins trois fois dans la nuit pour nous tâter le ventre et décider si nous devions manger… Si oui, ils nous obligeraient aimablement à prendre un peu de cassave.

La *Fleur* était belle au soleil levant. Elle attendait, presque insouciante dans le calme des vaguelettes, que les hommes gagnent son bord.

---

1. Rongeur à la chair comestible.

Louis et moi arrivions. Nous sucions de la canne à sucre en marchant.

– Louis…

– Oui ?

– Louis… je sais ton secret. Je t'ai vue te baigner dans l'eau. Je t'ai vue nue, je sais tout. Je sais que tu es belle.

Il ne me répondit pas tout de suite. Nous fîmes encore vingt pas vers la *Fleur* avant qu'il me demande :

– Tu es triste de cela ?

– Non, je t'ai vue trop belle pour être triste ! Dis-moi, comment dois-je t'appeler maintenant ?

– Louise. Louise, mais attention, tu ne devras m'appeler Louise que lorsque nous serons seuls. Louise, ce sera notre secret, oui ?

– Louise, oui : ce sera notre secret.

Elle continua :

– Depuis presque toujours j'accompagne la comtesse partout où elle va. Une fois même, je suis allée avec elle, à cheval, jusqu'à Rennes déposer une requête près du gouvernement des États de Bretagne. À cheval, je portais un habit de fille, mais en mer il m'a fallu devenir garçon… faire semblant.

Les filles ne sont jamais les bienvenues sur les navires sauf si elles sont grandes… riches… et comtesses !

– Tu sers la comtesse parce que tu es orpheline, comme moi ?

– Je sers la comtesse… parce qu'elle m'a prise presque comme sa fille, elle qui n'a ni garçon ni fille.

– Elle peut se marier et en avoir si elle veut.

– Peut-être, peut-être pas.

Après quelques pas en silence, je lui pris les deux mains que je serrai dans les miennes, et cela suffit pour qu'elle comprenne que je lui jurais de garder en moi tout ce que je savais d'elle.

Quand nous escaladâmes le bastingage de la *Fleur*, nous étions presque les derniers à embarquer. Job Kéravel nous accueillit d'un simple sourire. Il terminait juste de manger quelques huîtres de l'île qui sont plus petites que celles de Bretagne. Tout de suite, il commanda la manœuvre.

Moi, je regagnai la cambuse, voir si le coq avait besoin de moi. Louise rejoignit le carré de commandement où probablement se tenait la comtesse.

Les signes d'amitié des Indiens étaient encore visibles au loin sur la grande falaise de l'île quand je dus descendre à fond de cale pour nourrir d'un peu de poisson bouilli nos deux prisonniers : Fish le Dieppois et Van den Chavée.

CHAPITRE X

L'abordage de la Croix-Morte

Après avoir navigué cinq jours durant dans la mer des Caraïbes, nous arrivâmes dans le golfe du Honduras.

Le capitaine Barnabalec une fois de plus venait de ranger ses instruments de navigation. Une fois de plus, il m'avait fait venir près de lui et il m'avait expliqué comment il mesurait notre position. J'aimais tout autant l'octant que le sextant et j'avais envie de lire les tables lunaires ; j'aimais aussi beaucoup la magie de la boussole, son obstination ! La boussole, oui, mais aussi le compas, le sablier ou les traités nautiques me semblaient les yeux de notre *Fleur*. Depuis mon exploit lors de la mutinerie, ma position à bord avait bien changé. Certes, j'étais toujours le mousse qui servait le capitaine et la comtesse et Job Kéravel et l'équipage, mais pour servir tout ce monde, j'étais aidé par les trois femmes d'Attiembo. Ma tâche était devenue bien légère. Attiembo, lui, apprenait le métier de matelot et il avait déjà autant d'adresse sur les vergues qu'un vieux Breton ayant navigué sur toutes les mers.

J'étais autorisé à fréquenter le gaillard d'arrière et là, j'apprenais un peu comment on trace sa route sur les vagues ; comment on peut lire le ciel pour connaître la place que l'on occupe sur la mer et se situer sur une carte marine.

Louise et moi avions accoutumé, chaque soir, de rester une bonne heure à gazouiller, appuyés contre le bordage. Nous regardions la mer s'agiter comme un feu qui aurait oublié à jamais de s'éteindre. Quelquefois, Louise restait là, sans rien dire, sans bouger et je la trouvais belle comme la fontaine de Koadoud, quand elle est engourdie, l'hiver.

Le vent était notre allié. Le capitaine avait calculé notre arrivée sans se tromper et la lune commençait juste à faire la fière dans le ciel quand nous mîmes en panne à l'extrême sud de l'île de la Croix-Morte. Notre ancre alla chercher un fond où se poser, une bonne vingtaine de brasses au-dessous de nous. Le capitaine observait les préparatifs. Il avait été décidé que tout l'équipage débarquerait de nuit pour aller en reconnaissance et juger de la situation. Le vieux fort où était prisonnier le chevalier était loin sur l'autre côté de l'île, vers l'est-nord-est. Trois chaloupes furent mises à la mer.

La comtesse prit le commandement de l'une d'elles. Elle était armée d'une épée dont la garde dorée, ciselée, s'ornait d'un lis rouge. En plus, passé dans sa ceinture, elle avait un coutelas qui depuis la mutinerie ne la quittait jamais. J'avais souvent admiré cette arme de chasse à la poignée en os dont la lame à un seul tranchant était gravée elle aussi d'un lis. Une lame incroyablement pointue à son extrémité… tout autant que le grand stylet de canonnier du capitaine : pointu comme une aiguille ! Avec la comtesse, Tanguy-cul-d'œuf donnait des ordres. Les deux autres embarcations étaient commandées par Job Kéravel et par le capitaine Barnabalec. Les hommes de l'équipage qui partaient de nuit sur terre avaient hâte de libérer le chevalier. Ils brûlaient du désir de retrouver ensuite sur cette nouvelle île les plaisirs des jours passés avec les Indiens et les Indiennes.

Je restai à bord, presque seul. J'étais de veille à l'arrière, le capitaine ayant placé Jean Basque à l'avant. Nous avions ordre, lui et moi, de garder le navire pendant les quelques heures de nuit où tous les autres allaient explorer l'île, par la côte et par l'intérieur, jusqu'au vieux fort des moines. En plus de nous deux, Louise restait à bord. À fond de cale, Fish le Dieppois et Van den Chavée, les pieds serrés dans les fers, étaient avec nous, malgré eux ! La nuit tropicale était douce. Je partageai avec Louise quelques bananes cuites, encore chaudes, préparées par les femmes d'Attiembo qui elles non plus n'avaient pas débarqué. Nous étions bien. J'étais le maître de la *Fleur* ! Le maître de la nuit ! Le maître de toutes les mers et Louise était là.

Quand elle rentra pour dormir, je m'installai à califourchon sur le bastingage pour continuer ma veille. Tout était calme et c'est à peine si je sentais la mer vivante sous notre *Fleur*. Je dus bien rester ainsi trois ou quatre heures, mes yeux creusant la nuit qui n'était pas absolument noire.

C'est le goût du sang dans ma bouche qui me réveilla, je crois, à moins que ce ne fût le froid qui m'agaçait le corps… Mais ma tête brûlait, elle, tout entière, et me faisait mal. Avant que je ne prenne bien conscience de mes membres saucissonnés, j'eus l'impression que ma tête était devenue une cheminée malmenée par les flammes pour cause de non-ramonage !

Une cheminée incendiée, martyrisée… Je voulus porter mes mains à mes tempes, pour adoucir mon mal, mais impossible.

J'étais lié des pieds à la tête, en passant par les poignets. Chaque geste que je tentais me tirait sur une partie du corps tant la ralingue qui m'entravait était tendue. J'étais couché sur le pont. Je dus faire un gros effort pour rouler sur moi-même afin de m'établir sur mon autre côté et tenter d'être plus à mon aise. Cela me coûta beaucoup de souffrances et des flammes en furie se déchaînèrent dans ma tête.

Quand la tempête de feu se fut calmée, j'ouvris les yeux et découvris exactement comme moi, pareillement harnachée et tout entortillée, Louise. Ses yeux étaient grands ouverts et quand elle cligna des paupières, je compris qu'elle n'était pas plus morte que moi. Je voulus parler, mais aucun son ne sortit de ma bouche. Je décidai de fermer les yeux, me disant que c'était encore le meilleur moyen de changer de rêve… mais je ne rêvais pas ! Je sentais réellement ma tête en feu, comme je sentais réellement la *Fleur* bouger, avancer sous ses huniers. Je fis encore un effort pour parler. Louise, qui se rendait compte de ma tentative, fit « chut » de ses deux lèvres. Était-ce pour me demander d'attendre d'avoir plus de forces ou par crainte d'un danger voisin ? Je ne savais pas. Je refermai les yeux. C'est alors que j'entendis :

– Ces deux-là, on les balance à la baille avec une boulet pour chacun ?

Je ne connaissais pas cette voix qui braillait au-dessus de nous.

– Ce sera plus joli de les voir mourir si on les pend. C'est cela, on va les pendre… leur compère à lui seul a bien assez nourri les poissons !

Cette deuxième voix, je ne la connaissais pas non plus ; elle n'était guère plus rassurante que la première, d'autant que j'avais bien compris qu'il s'agissait de choisir entre le fond de la mer ou la corde pour nous mettre à mort, Louise et moi.

– Gardons-nous-les jusqu'à demain. Je veux les voir pendus, mais vraiment les voir : en plein soleil, je crois bien que leurs dernières grimaces nous feront beaucoup rire.

Cette voix-là, je la connaissais trop bien ! C'était celle de Fish ! Les voix s'éloignèrent et, bientôt, ne parvinrent à nos oreilles que des rires lointains et des sons qui devaient être de joyeux jurons. Je regardai Louise sans rien dire. Nous restions attachés là, sur le pont, prisonniers. Nous étions les yeux dans les yeux et je sentis que nos yeux nous attachaient l'un à l'autre, plus forts que ces guindes qui retenaient nos corps. Je la sentis si près de moi par mes yeux et ses grands yeux ouverts que ce fut comme si nos sangs allaient et venaient du corps de l'un et dans le corps de l'autre. Je compris alors que depuis plusieurs jours déjà je l'aimais. Oui, je l'aimais et si jamais nous sortions vivants de cette situation, il me faudrait trouver les mots pour lui dire tout l'amour d'elle qui était en moi.

Le temps passait. Ma tête s'était un peu calmée et rien de particulier n'était venu nous troubler. Nous avions entendu le cliquetis du cabestan et j'avais compris que nous avions trouvé un autre mouillage. L'un des hommes, celui qui avait songé à nous jeter à la mer, était venu vers nous, ivre mort. Il nous avait aspergés d'une bonne pinte de rhum avant d'aller pisser par-dessus le bordage. J'avais perdu la notion du temps et je me demandais avec inquiétude si les premières lueurs de l'aube s'apprêtaient à débarbouiller le ciel. Je savais qu'il nous fallait bouger avant le jour ! Je m'approchai de Louise et, tout appuyé contre elle, je commençai à ronger la guinde qui la retenait. Ce n'était pas une guinde de rien du tout et elle était aussi neuve et aussi solide que si elle avait été tressée hier dans l'arsenal de Rochefort ! Je rongeais comme un rat de navire qui a trouvé une vieille couenne. Je sentais le cœur de Louise battre et c'était comme une force qui actionnait ma mâchoire.

Il y avait bien une heure que je rongeais, au risque d'user toutes mes dents, quand je sentis deux mains me tirer en arrière et m'allonger sur le pont. Je fermai les yeux pour retenir mes larmes. Je savais bien qu'aucune chance de continuer mon travail de rongeur ne me serait donnée.

Quand je sentis une main sur mon cou, je me retins pour ne pas hurler, d'autant que dans le même temps je voyais la mort qui était là, qui m'attendait, presque à toucher ma peau : une lame courbe et pointue guettait là, oui, juste là… Je m'apprêtais à mourir, mais le poignard évita mon cou pour s'en prendre seulement à la guinde. Je m'aperçus alors que ce n'était pas un de ces hommes criards, ni Fish le Dieppois qui était là, mais une des femmes d'Attiembo. Elle coupa et coupa et coupa. J'étais libéré ! Pendant qu'elle continuait à couper les liens de Louise, je remontai un seau d'eau de mer et j'y trempai ma tête pour tenter d'y éteindre définitivement l'incendie. J'avais une bosse et une plaie bien ouverte, mais pour l'heure, je n'avais presque plus mal.

Quand Louise fut libérée, sans faire plus de bruit qu'une sardine nageant entre deux eaux, nous marchâmes vers le carré de commandement où étaient les canailles qui nous avaient surpris. La porte ouverte nous offrit le spectacle de leur débauche ! Fish et les deux voix qui avaient voulu nous tuer étaient pantelants, affalés sur la table. Van den Chavée, allongé sur le sol, tenait contre sa poitrine un baril de liqueur ; il le protégeait aussi bien qu'une mère son enfant nouveau-né. Dans un coin, les deux autres femmes d'Attiembo attendaient sans bouger. Je compris la situation. Il nous fallait faire vite, ces brutes étaient trop habituées à boire pour rester longtemps dans cet état d'ivresse. D'une seconde à l'autre, ils retrouveraient un peu leurs esprits et alors…

Je fis signe aux deux femmes de sortir. Je demandai à Louise d'aller avec l'une d'elles chercher huit garcettes bien neuves, là-haut sur le pont. En attendant qu'elles reviennent, je m'armai d'une bouteille dont le verre assez épais était une arme sûre si l'un ou l'autre s'éveillait.

Presque tout de suite, Louise fut là. Je lui demandai à elle et aux deux femmes que nous avions trouvées là d'ouvrir les yeux et de me prévenir à la moindre alerte de réveil. Je pris les garcettes et je donnai la bouteille à celle des femmes qui s'était montrée si courageuse et nous avait libérés, Louise et moi. Je lui fis comprendre que je voulais attacher les mains et les pieds de nos visiteurs et que si l'un d'eux faisait le moindre petit geste, elle devait lui donner un bon coup sur le crâne avec la bouteille. À toutes je dis que si ce plan échouait, nous pourrions certainement sortir les premiers et fermer le carré à double tour, laissant derrière la porte nos prisonniers… Je savais assez faire les nœuds pour qu'une fois serrée la garcette ne glisse pas d'un pouce. Je commençai par Van den Chavée. C'était le plus facile, la position dans laquelle il était permettait sans problème de lui bloquer les poignets et les chevilles. Après lui, je me glissai sous la table pour attacher tout d'abord les pieds du reste de la bande. Jusqu'à cet instant, tout se passa très bien. Louise et les femmes d'Attiembo surveillaient et m'observaient. Tous, nous avions peur. Ces hommes pouvaient se réveiller et se déchaîner comme une tempête. Je commençais à serrer les mains de Fish quand il leva le buste et la tête, et se mit à jurer et hurler :

– Cordiable ! Ça pue ici… On croirait un pot de boette sous le vent !

Il n'eut pas le temps d'en dire plus, la bouteille s'écrasa sur son crâne avec un petit bruit tendre. Il tomba en arrière, sur le plancher. Il avait fait assez de bruit pour réveiller les deux autres brutes.

Heureusement, la bouteille n'était pas cassée et la femme d'Attiembo redonna un bon coup qui eut sur ce deuxième crâne qui se présentait autant d'effet que le premier. Nous sautâmes sur le quatrième larron qui n'avait pas bien compris sans doute ce qui se passait. Ce fut un jeu de le lier complètement. Il nous fallut peu de temps pour achever notre tâche. Quand ce fut fait, je bus une bonne goulée d'eau fraîche et Louise et les trois femmes d'Attiembo en firent autant. Nous étions heureux du coup. Notre énervement, ajouté aux peurs que nous avions vécues, nous donnait des forces. Certes, notre peur ne s'était pas envolée, mais nous nous sentions forts. Ces hommes, nous le savions, même liés représentaient du danger. Je réfléchis et décidai de les enfermer, non pas à double tour dans le carré, mais dans la futaille. Je fis monter quatre tonneaux vides sur le pont par les trois femmes noires. J'expliquai mon plan à Louise : un homme par tonneau !

Ce fut du vite fait et du bien fait. Nous glissâmes, avec un peu de peine, un à un les corps dans les tonneaux qui sentaient toujours pour deux d'entre eux le vin du Portugal ; les deux autres gardaient l'odeur épaisse du lard salé. Un seul des hommes se rebiffa, un peu comme une vipère. La légère fraîcheur de l'air l'avait réveillé avant les autres. Je clouai un couvercle par-dessus leur tête, en me servant des outils de Job Kéravel. Nos prisonniers ne risquaient pas de mourir du manque d'air, j'avais retiré la bonde de chaque douve des tonneaux.

Quand tout cela fut fait, le soleil tout juste sorti de la mer nous éclairait de ses premiers rayons mouillés. Il semblait aussi étonné que nous de se retrouver vivant, une nouvelle fois pour un nouveau jour, en compagnie des bleus du ciel et de la mer. Nous comprîmes ce qui s'était passé. Les deux canailles de pirates avaient certainement observé le débarquement de l'équipage sur cette côte dure et inhabitée de l'île. Après s'être assurés que notre *Fleur* restait bien seule sous la lune, ils avaient abordé, plus silencieux et plus vifs que des libellules… et attaqué ! Maîtres du navire, ils avaient libéré les deux hommes enfermés et enferrés dans la cale : Fish et Van den Chavée. Nous ne retrouvâmes rien de Jean Basque, sauf une tache brune de sang qui nous révéla qu'il avait été blessé avant d'être jeté à la mer.

Notre nouveau mouillage n'était qu'à deux encablures de la grève. Je jugeai probable que nous ne nous étions guère éloignés : nous n'avions navigué que peu de temps, avec peu de brise, et sous nos seuls huniers. L'escarpement qui nous cachait toute vue à l'est suffisait sans doute pour faire croire que nous étions absolument disparus. J'étais le seul homme à bord.

Malgré mon expérience acquise, il était trop difficile pour moi de faire naviguer la *Fleur*. Manœuvrer les voiles, tenir la barre, sonder le fond, chercher au mieux le vent… c'était trop. Pour ne pas montrer mon désarroi, je donnai des ordres. Deux des femmes d'Attiembo commencèrent à préparer le manger dont nous avions besoin pour nous guérir définitivement des peurs de la nuit. Louise et la troisième femme allèrent remettre en ordre le carré de commandement qui empestait tout autant le rhum que la bière.

Je venais d'avaler une tranche de lard et un morceau durci de cassave. Je décidai d'aller me chercher moi-même un œuf. Les poules de l'île aux Indiens avaient été généreuses et six œufs m'attendaient. J'en mis cinq de côté pour la comtesse et je revins vers l'arrière où patientait Louise.

– C'est beau, non ?

– Beau ?

– Un œuf, oui, c'est beau. Je me demande bien comment les poules réussissent à pondre une forme aussi douce. Un œuf ce n'est pas rond, pas du tout, et ça a refusé d'être pointu ! C'est beau. Beau et bon.

Sans rien ajouter, je le gobai… mon œuf.

C'est juste après avoir dégusté ce don du ciel et d'une poule que j'eus mon idée : les canons ! Il fallait faire du bruit pour nous faire repérer par notre équipage et, pour en faire, quoi de mieux que de tirer dix coups de canon ?

CHAPITRE XI

Des moines pas très catholiques !

Les canons ! Oui, les canons… Il ne me restait plus qu'à pourvoir à leur approvisionnement en poudre et en boulets. Je descendis avec mon monde de femmes dans la soute de recharge du maître canon-nier. C'est notre défunt Léon Le Bartz qui avait lesté cet endroit-là, avant notre départ de Bretagne. En deux voyages, nous montâmes nos dix boulets de dix-huit livres sur le pont. Je descendis seul dans la soute aux poudres et j'y pris les dix mesures qui me semblaient nécessaires. Je ne savais pas vraiment quelle quantité de poudre je devais fournir à chaque canon. Je n'étais pas un habitué de la canonnade ; je n'avais jamais servi un seul canon de toute ma vie… Ce que je savais, je l'avais ouï dire par Job Kéravel ou des hommes d'équipage qui avaient participé à des combats.

Je mis la poudre et avec mon écouvillon j'enfournai un boulet dans chaque gueule des cinq canons. Mon premier soin avant de mettre le feu aux poudres, avec le boutefeu qui fumait dans mes mains, fut d'éloigner les femmes. Quand je les aperçus là-bas, près des cages à poules, je mis mon feu sur le premier canon et aussitôt le coup partit. Je n'avais rien visé et le boulet s'en alla quelque part sur l'île, faire peur aux oiseaux ou aux arbres... Le boum du bruit résonna dans mes oreilles.

Je marquai un temps, je fis un petit signe amical à Louise et vite je mis le feu aux poudres des quatre autres canons chargés. Les coups... boum, boum, boum, boum, s'additionnèrent dans l'air comme un tonnerre qui se mettrait à bégayer. Tout s'était bien passé. Avec précaution, je recommençai l'opération et cinq boulets repartirent tâter le sol de l'île de la Croix-Morte. Après un tel vacarme, nos oreilles mirent un petit moment avant d'entendre les simples bruits de la mer contre notre *Fleur*.

Je laissai Louise et les femmes noires se reposer. Je montai en haut de notre grand mât afin d'observer les paysages qui nous regardaient sans bouger... Je n'eus pas à attendre trop longtemps. Le soleil n'était pas encore au plus haut du ciel que j'aperçus à l'est, doublant une petite pointe escarpée qui griffait la mer, nos trois chaloupes qui nageaient vers nous.

Ils avaient de drôles de mines ! Leur nuit non dormie et la *Fleur de blé noir* les attendant dans un autre mouillage, c'était assez pour rendre leurs gestes prudents comme si quelque maléfice pouvait guetter et surgir. Quand tout l'équipage fut sur le pont, les trois chaloupes arrimées à nous restant toutes fringantes sur la mer, le capitaine Barnabalec me demanda de m'expliquer.

Je racontai tout. Au fil de mes paroles, l'équipage s'était rapproché. Tous écoutaient. Louise, de temps en temps, hochait la tête pour confirmer un de nos actes. Quand j'arrivai aux coups de canon, Job Kéravel cracha à la mer le tabac qu'il avait commencé à chiquer au moment où je racontais la mise en tonneau des quatre compères. Au terme de mon récit, le capitaine serra ma main en déclarant :

– Yves-Marie Kerguézennec, tu es un homme et un brave. Grâce à toi, grâce à ton intrépidité et à ton sang-froid, nous conservons notre *Fleur*. Dieu te bénisse, et plutôt deux fois qu'une !

Tout l'équipage lança au ciel un de ses hourra en mon honneur, en l'honneur de Louise et des trois

femmes d'Attiembo. Dès qu'ils eurent fini de s'égo-
siller pour nous, la comtesse s'avança vers moi :

– Yves-Marie, pour ton courage je veux te récom-
penser…

Elle mit ses deux mains à son oreille droite et déta-
cha la boucle qui y pendait. Il s'agissait d'un demi-
cercle en or, au milieu duquel un petit anneau laissait
s'agiter une perle rouge. Ensuite, elle sortit son poignard de chasse de sa ceinture, et sans rien ajouter elle
me prit une oreille entre ses doigts et la perça d'un
coup. Je n'eus pas le temps d'avoir mal. Plusieurs
gouttes de sang vinrent décorer ma chemise, de l'épaule
jusqu'au plastron. Sans faire un geste de trop, elle agrafa
sa boucle à mon oreille.

– Voilà, Yves-Marie : ce pendant d'oreille est pour
toi. Garde-le bien et que cette perle rouge se balance
à ton oreille aussi longtemps que battra ton cœur.

Une fois de plus, j'avais trop d'émotion pour faire
naître une seule parole dans ma bouche. Louise me
souriait comme si j'avais été un revenant revenu pour
elle du fond des mers.

Les hommes de l'équipage s'étaient tus pendant cette
scène et, eux qui s'étaient aventurés sur bien des mers
chaudes et froides, n'avaient pas souvent été à ce point dé-
contenancés par une action aussi surprenante que belle.

Le capitaine Barnabalec en quelques mots nous rappela à tous notre situation et nos devoirs.

– Corsairiens, nous savons avec précision où est le vieux fort qui sert de prison au chevalier : nous l'avons reconnu cette nuit et nous avons vu le monastère qui est collé à lui, comme une grosse verrue. Ce soir, nous attaquerons. Présentement, gagnons le large afin de n'être pas découverts... Il se peut bien que ceux qui ont attaqué notre vaisseau cette nuit aient été plus nombreux... Il se peut que quelques complices soient partis chercher un renfort au cœur de l'île, peut-être même au fort. Quoi qu'il en soit : au large, vite !

Aussitôt, des hommes se mirent à la manœuvre et délicatement la *Fleur* s'offrit au vent chaud qui voulut bien nous pousser. Alors que nous naviguions sans autre but que de revenir au coucher du soleil, les hommes fatigués allèrent dormir. Job m'appela et avec cinq matelots, en présence du capitaine, il décloua le couvercle des tonneaux. Pour commencer, c'est Van den Chavée qui retrouva l'air libre. Sous les quolibets, il fut enferré et enfermé de nouveau dans la cale. Les autres suivirent. Ni Fish le Dieppois, ni les deux autres pirates capturés n'avaient envie de rire.

Alors que la *Fleur* nageait avec légèreté sur les vagues, je m'allongeai dans mon hamac que j'avais fixé dans le faux-pont. J'étais décidé à dormir pour de bon, avant le soir, sachant qu'alors de nouvelles aventures et de nouveaux efforts m'attendraient. À peine avais-je fermé les yeux que je sentis sur mon visage deux douces mains dont les doigts levaient mes paupières : Louise ! Elle était là et me tendait dans un joli verre tout le jus de deux citrons qui devait m'apporter, me dit-elle, bien de la vigueur. À peine eus-je bu cette douceur qu'elle avait sucrée avec du jus de canne, qu'elle nettoya avec son mouchoir de dentelle et un peu d'eau pure la croûte de sang qui souillait mon oreille. Je lui pris les mains, l'approchai de moi et, pour la première fois, je l'embrassai sur la joue. Il n'y avait rien à dire. Le baiser qu'elle me rendit était plus beau que n'importe quel mot. Moi qui n'avais de toute ma vie embrassé que ma bonne Soazig, ce baiser nouveau je le crus plus beau même que l'amour même.

– Louise, douce Louise, est-ce que tu es comme moi, sans père, sans mère, sans rien ?

– Yves-Marie, je suis sans père, sans mère mais pas sans rien.

– Tu as quoi alors ? Dis-moi.

– J'ai des histoires… Ma mère était peut-être une belle bien-aimée avant de se transformer en louve un soir d'hiver.

– En louve !

– Elle était peut-être fille de roi et amoureuse d'un lutin des montagnes.

– C'est vrai ou c'est peut-être tes histoires ?

– C'est peut-être vrai ! Toi, Yves-Marie, tu ne sais pas plus dire qui tu es.

– Louise, je n'étais presque rien, presque personne avant de naviguer. Je ne sais même pas comment j'ai fait pour trouver seul comment respirer.

– Tu sais respirer ? !

– Louise, je sais, mais pas encore assez… Louise…

– Oui ?

– Est-ce qu'on apprend, pour s'aimer ? Pour s'épouser ?

– Peut-être, mais moi je n'ai pas appris pour t'aimer.

Il restait une heure de soleil peut-être dans le ciel quand nous commençâmes à louvoyer afin de gagner au vent de l'île. Job Kéravel, sur l'ordre du capitaine Barnabalec, fit mouiller une ancre à jet[1], avec une touée[2] et deux grelins[3] pour passer la nuit. Où nous étions, il n'y avait, me sembla-t-il, que peu de courant.

---

1. Petite ancre légère utilisée pour les mouillages temporaires.
2. Câble.
3. Gros cordage.

Nous mangeâmes un bon repas composé de lard, de patates douces bouillies et d'un peu de pain de manioc. Tous nous eûmes droit à un grand verre de vin. Après notre gogaille, Job Kéravel procéda à la distribution des armes. Il sortit des coffres haches, sabres, pistolets, poignards, espingoles ; une dizaine de grappins furent aussi donnés. J'avais hérité, moi, d'une petite épée anglaise, peut-être prise depuis long-temps sur un navire ayant l'Union Jack pour pavillon de misaine. Gros-René Nantais eut la lourde tâche de garder la *Fleur*, assisté du vieux Marzin et des femmes d'Attiembo auxquelles fut expliquée la néces-sité d'ouvrir l'œil pour que ne se reproduisent pas les mêmes événements cette nouvelle nuit. Moi-même, je demandai à Louise, qui restait à bord, d'être attentive.

Nous marchâmes sous la lune, la comtesse ouvrait le sentier. J'étais à peu près au milieu de la colonne, pas loin du capitaine qui au milieu de nous donnait l'impression de gouverner notre procession. Job Kéravel à l'arrière fermait la marche.

Après une heure et demie de pas de loup sur les mauvais sentiers de l'île raturés de pierres dures, je sen-tis que mes pieds se querellaient avec mes souliers ! Avec plaisir je les aurais délassés en leur donnant un bon bain d'eau salée. Nous continuâmes à aller de l'avant malgré cette fâcheuse disgrâce qu'était pour nous tous ou presque le mal aux pieds !

Ce n'était pas encore le milieu de la nuit quand nous arrivâmes sur le lieu de notre abordage… terrestre. Tanguy-cul-d'œuf nous y attendait. Il avait guetté là, siestant toute la journée sous les feuillages parfumés d'un ouraba[1]. Il nous dit n'avoir été dérangé que deux fois depuis le matin : quand une charrette était sortie du monastère, tirée par un âne et guidée par un moine, et… quand elle était revenue…

– Guidée par un âne, tirée par un moine ? interrogea Job Kéravel, que l'action à venir mettait d'humeur à plaisanter.

– Il y a probablement un passage intérieur entre ce vieux fort et le monastère, observa le capitaine.

– Passage ou pas, nous n'allons pas tarder à le savoir, assura la comtesse.

Nous restâmes à couvert de longues minutes, observant les murs et les ombres… Les murs, c'était, aussi haut qu'une falaise, la face terrible du vieux fort, dont les yeux étaient de minces fenêtres et la bouche, une porte doublée de fer. Cette porte était certainement

---

1. Arbrisseau des îles Caraïbes dont on peut utiliser les feuilles comme arôme.

plus solide et plus lourde qu'une enclume de forgeron. Autour des murs, un fossé plein d'eau. Les ombres, c'était comme une conversation entre les arbres, sous le couvert desquels nous restions, et les murs et la lune. Ce paysage de nuit n'était guère rassurant.

Quand le capitaine me fit venir près de lui, j'eus l'impression que le bruit de mes pas et même ma respiration allaient nous signaler à un terrible ennemi. Il m'expliqua ce qu'il attendait de moi. Quand j'eus parfaitement compris ma mission, il informa tout l'équipage de la stratégie arrêtée et donc… de la marche à suivre. Je devais avec la comtesse me présenter à la porte du monastère. Là, nous demanderions assistance, prétextant que nous étions les seuls rescapés, poussés cette nuit même par la mer et le vent sur cette île.

La comtesse se coiffa d'une mantille noire qui enveloppa sa tête, ses épaules et ses longs cheveux. Elle cacha presque dans son dos son épée et son poignard. Je fis de même, glissant sur mes arrières mon épée anglaise. Quand nous fûmes prêts, le capitaine fit signe aux hommes. Plusieurs d'entre eux suivirent Tanguy-cul-d'œuf, agiles comme des écureuils, et allèrent se coller contre l'enceinte du monastère, tous du même côté de la porte. Quand ce fut fait, Job Kéravel sauta à son tour, vif comme un moustique. Il alla se poster de l'autre côté de la porte. Dès qu'il y fut, le reste de l'équipage le rejoignit, sauf le capitaine. Alors, ce fut notre tour. La comtesse se leva, je la suivis. Nous marchâmes l'un près de l'autre vers la porte du monastère, qui semblait nous guetter pour dès que possible nous avaler tout crus ! Je ne tremblais pas. J'étais sûr de moi et cette folle de lune, brillante comme un écu d'or dans le ciel, pouvait bien me dénoncer à n'importe quelle sentinelle, j'étais prêt à me battre : prêt à risquer ma vie pour la gloire de ma bonne dame Gwenn Blanche, comtesse de Garlantezec.

C'est elle qui cogna le lourd heurtoir de la porte. Comme aucune réponse ne nous était donnée, elle dut recommencer. Elle allait frapper une troisième fois quand un grincement sinistre se fit entendre. Quelqu'un ouvrait le guichet de la porte. Une lumière sortit par cette fausse bouche et nous éclaira un peu.

– Qui êtes-vous, à cette heure tardive de la nuit ?

La voix avait l'amabilité nasillarde et clapoteuse ! Les mots se suivaient sans rythme dans la phrase. J'étais déjà un peu moins rassuré.

– Mon bon monsieur, ayez pitié d'une femme et de son enfant rescapés d'un naufrage et arrivés à vous par la volonté de Notre Seigneur !

– Je ne suis pas un monsieur, mais un moine de ce monastère et, sacredieu de sacrebleu, je ne savais pas que le Seigneur avait assez d'insomnies pour s'occuper à cette heure-ci de ses paroissiens ! Hum… j'espère que vous n'êtes pas arrivés jusqu'ici à califourchon sur le dos d'une pipistrelle…

J'étais habité de sentiments extraordinaires et confus. Ma bonne comtesse venait de me présenter comme son fils, moi qui n'avais de toute ma vie eu pour mère que les pierres de mon pays d'Argoat… Mais les mots de ce drôle de moine, hétéroclites et saugrenus, ne me laissaient guère jouir des mots de la comtesse.

– Mon bon père, donnez-nous seulement asile… seulement un petit coin, pour nous abriter des peurs de la nuit !

Il ne répondit rien. Le grincement du guichet se refermant nous racla les oreilles. La porte avec peine s'ouvrit, un peu et un peu plus. Le moine apparut. Il tenait sa lampe à huile à hauteur de son visage aussi rouge et luisant qu'une crevette qui vient d'être bouillie. Il n'eut le temps de glapir aucun nouveau mot. La comtesse, vive comme une patte de chat, le bloqua sur le seuil, lui appliquant sur la gorge le tranchant de son poignard. La flamme de la lampe qui ne vivotait qu'à peine se mit à trembloter encore plus. Je m'emparai de cette lampe-là, avant que notre bon moine ne la laisse choir. Le capitaine qui se tenait à moins de vingt pas, face à la porte, fit signe aux hommes qui n'avaient pas plus bougé que les pierres du mur d'enceinte contre lesquelles ils étaient restés appuyés. Le temps de compter jusqu'à dix et tout ce beau monde se retrouva du bon côté, à l'intérieur du monastère. La comtesse avait repoussé le moine, qui était complètement hébété. Elle gardait toujours son poignard appliqué sur la grosse veine de son cou. Il croyait sa dernière heure arrivée et il pissa de peur, debout, sans penser même à ne pas mouiller son froc. Ce petit événement amusa en silence les hommes qui avaient leurs armes à la main.

Job Kéravel défit les cordons qui ceinturaient notre prisonnier. Ce faisant, il émit un petit sifflement admiratif et, sans attendre, glissa à notre grand étonnement sa main sous la robe de notre prisonnier. Tous, aussi bien le moine que l'équipage, nous ouvrions des yeux aussi ronds qu'un boulet de canon ! J'éclairai la scène du mieux possible. Quand nous vîmes Job tâter notre moine en souriant, nous nous demandâmes bien ce qu'il faisait… il avait l'air aussi réjoui qu'un pêcheur dont la main dans la rivière a saisi une écrevisse. Des dessous du moine, il sortit une navaja ! Incroyable ! Un moine armé et… quelle arme ! La longue lame de ce poignard, effilée et courbée, pouvait certainement plus servir à nuire à son prochain qu'à l'aimer.

– Combien d'hommes ici ? questionna le capitaine.

– Vingt-huit…

– Tous moines ?

– Oui…

– Tous armés ?

– Oui…

– Ces moines-là ne sont pas plus moinillants que les galets de la grève de Roscoff, c'est certain, affirma Job Kéravel.

Le capitaine divisa notre équipage en deux. Il prit la tête de la moitié des hommes, assisté de Tanguy-cul-d'œuf. La comtesse prit le commandement de l'autre moitié, assistée de Job Kéravel et… de moi-même.

Le vestibule dans lequel nous nous trouvions avait deux sorties, et Attiembo, qui venait de faire quelques pas d'un côté et puis de l'autre, dessina sur le sol de terre, avec son sabre, le début d'un plan. Le capitaine regarda un moment et réfléchit, avant de nous confier :

– On dirait que ce monastère est construit intérieurement comme un labyrinthe… Enfants, allons-y ! Il nous faut tous ces moines, moineaux et moinillards attachés et bâillonnés, vite fait.

Nous partîmes, chaque groupe par un couloir. Notre équipe n'eut aucun exploit particulier à accomplir. Nous fîmes prisonniers une dizaine de vrais ou de faux moines sans même donner un coup d'estoc ou de taille… Quelques-uns dormaient, bercés par des rêves auxquels le rhum donnait sans doute un fort degré ; d'autres dans leur chambre, en galante compagnie, étaient complètement désarmés et bien surpris de nous voir surgir.

De leur côté, les hommes menés par le capitaine s'étaient rendus jusqu'à l'œil du labyrinthe, la salle centrale, plus vite que n'avancent les pénitents qui à genoux voyagent sur le sol des cathédrales en lieu et place d'un voyage en Terre sainte. Dans la salle, presque quinze moines s'empiffraient sans soucis, faisant ripaille. Le vin et la volaille garnissaient la table. Quelques femmes noires et indiennes servaient sans mot dire. Il n'y eut que peu de lutte, mais un moine plus habile certainement à jouer du couteau qu'à chanter un cantique blessa notre capitaine qu'il avait visé de loin. Le seul coup d'espingole qui fut tiré abattit à tout jamais ce chien que ne reconnut sans doute pas comme un des siens Notre Seigneur, quand il se présenta devant lui.

Nos hommes, que cette attaque avait mis en appétit,

ne rechignèrent pas pour terminer en un clin d'œil le si bon repas servi pour ces moines louches, armés comme des pirates.

Quand tout ce beau monde fut réuni et ficelé, les femmes furent remisées dans une chambre, sans distinction, noires, blanches, indiennes, mêlées. En tout, elles étaient au nombre de dix-sept. Notre premier prisonnier, moine portier, nous indiqua le prieur comme étant le capitaine de ce drôle de navire monastique. Aussitôt, il fut interrogé par Job Kéravel qui lui indiqua que s'il ne parlait pas tout de suite et clairement, il allait être sans tarder un moine sans oreille droite, un moine sans oreille gauche… un moine sans pouce… sans index… sans… sans… sans… décidé qu'il était à lui couper à coups de sabre tout ce qui dépassait ! Il n'eut pas à faire ici office de chirurgien-sabreur ! Le prieur tenait trop à garder la totalité de sa personne pour se taire.

Ainsi, nous apprîmes ensemble que oui, les moines qu'ils étaient nourrissaient le fort ; que oui, le chevalier était bien là, prisonnier et enfermé dans un étage, invisible de tous ; que oui, les pirates, ses gardiens, n'étaient autres que les hommes de Bartholomée de Belleville et Bartholomée de Belleville lui-même. En tout ils étaient à peu près cinquante, armés jusqu'aux dents…

jusqu'aux cheveux… c'est-à-dire des pieds à la tête !

Quand nous eûmes tout appris, le capitaine décida que nous attendrions le lendemain pour nous introduire dans le fort et libérer le chevalier. Dix de nous auraient à se transformer en moines et ces dix-là emprunteraient le souterrain reliant le fort au monastère pour commencer l'attaque de l'intérieur…

Nous n'avions plus qu'à dormir en attendant le lendemain. Le capitaine envoya deux des matelots vers la *Fleur* pour informer Gros-René Nantais et le vieux Marzin, afin qu'ils nous attendent sans bouger.

CHAPITRE XII

La comtesse retrouve le chevalier

C'était le milieu de la nuit, pas plus. Le capitaine avait désigné quatre veilleurs. Il leur avait indiqué la place à occuper pour ouvrir leurs yeux. Les autres se mirent à dormir. Tous nous étions dans la grande salle centrale du monastère. Solide salle, immobile comme les pierres de Bretagne qui, énormes et arrondies, sont posées sur les landes. Fatigué, mais loin du sommeil, c'est à ma Bretagne que je pensais en ce moment d'avant l'attaque. Je ne craignais pas d'affronter la mort dans quelques heures. Je savais que là-bas, de Roscoff à Koadoud, le granit ne craint aucune mort. Le granit est là, vivant et veilleur : sûr de lui. Moi, j'étais sûr de moi.

Mes compagnons matelots de la *Fleur de blé noir*

dormaient. Beaucoup ronflaient la bouche ouverte. Je restai éveillé. Pourtant, je n'avais pas plus que les autres peur des blattes ou des punaises ou des rats qui ici nous tenaient compagnie. Je ne voyais ni Job Kéravel ni Tanguy-cul-d'œuf. Ils devaient manigancer quelque part... Presque à côté de moi, Gwenn Blanche veillait aussi. Elle fumait un petit cigare avec contentement. Je crus distinguer quelques sourires naviguant sur son visage doux et vif. C'était comme si elle se parlait dans cette nuit et comme si elle parlait à cette nuit, pour la remercier d'être là, juste à mi-chemin entre notre départ et notre retour en Bretagne.

Avant que le matin ne se soit installé sur l'île de la Croix-Morte, nous étions prêts à attaquer ; prêts à mourir si la mort d'ici nous faisait signe aussi bien que sait le faire l'Ankou quand il met sous les yeux des Bretons une pie qui balaie la route de sa queue.

Le moine portier, aidé de deux femmes noires, esclaves, nous apporta une dame-jeanne de vin chaud et une dame-jeanne de grog. C'est Job Kéravel qui lui avait passé commande. Pour le moment, son travail de maître d'équipage, charpentier, chirurgien consistait à distribuer des bananes à tous ceux qui en voulaient ! J'en pris trois. Je les défis de leur peau verte et je les trempai dans ma grande tasse de grog brûlant.

Tous buvaient et mangeaient sans bruit. Ce geste me rappela les matins froids de Koadoud, quand Soazig me soignait au lait chaud contre les méchantes privations que m'imposait notre maître.

C'est Tanguy-cul-d'œuf, déjà costumé en moine, qui me donna un habit. Je vis que Job, la comtesse, le capitaine et quelques autres s'habillaient avec attention, comme s'ils allaient servir le bon Dieu lui-même. Je passai moi aussi un froc de moine, par-dessus mes simples habits salés par la mer.

Job Kéravel et Tanguy-cul-d'œuf menaient notre procession. Ils avaient tout appris sur toutes les habitudes des pirates du fort sans avoir eu besoin de trop chatouiller avec la pointe de leur couteau le moine portier et le prieur. Le capitaine, blessé toujours à la cuisse, fermait la marche. Notre tactique était simple : surprendre un par un les pirates de Bartholomée de Belleville et progresser jusqu'au dernier étage où était retenu le chevalier. Quatre d'entre nous, dont moi, étions transformés en moines plus bedonnants que les autres : nous portions roulé autour de notre taille, sous notre robe, un funin d'une longueur d'au moins six ou sept brasses, agrémenté d'un petit grappin d'abordage ! Nous avancions dans le souterrain, éclairés seulement par la lumière de deux torches.

Quand nous fûmes arrivés à la porte d'accès du fort, Job fit venir le prieur et lui demanda de frapper les quatre coups habituels. Celui-là avait accepté d'être notre complice : c'était cela ou la mort… et, comme son âme était garnie de vilenies, il n'était pas pressé d'aller rendre des comptes au bon Dieu qu'il aurait dû servir.

Le prieur frappa. Nous n'étions restés près de lui que cinq nouveaux moines, tous les autres se tenaient dans l'ombre du souterrain, à quelques pas de nous. Quand la porte s'ouvrit, nous fûmes surpris tant la lumière du soleil nous gicla dans la figure. Un jardin ! La porte ouvrait sur un jardin ! Des fleurs rouges et rouges, roses et rouges, roses et roses, partout. Je n'eus qu'une seconde pour voir tous ces pétales de sang exposés au soleil. Celui qui nous avait ouvert la porte n'était vêtu que d'un caleçon et d'un sabre. Derrière lui, deux pirates en culotte de drap et chemise de dentelle fumaient leur pipe tranquillement assis, parlant entre eux de leurs affaires aussi paisiblement que l'auraient fait deux armateurs de Brest, du Havre ou de Fécamp.

L'effet de surprise jouait pour nous. À peine le pirate-caleçon avait-il ouvert sa porte que mes compagnons sautèrent sur lui et sur les deux bavardeurs qui n'eurent pas le temps de faire un seul geste ni de crier un seul mot. En moins de temps qu'il n'en faut pour hisser le Jolly-Rogers avec sa tête de mort en haut de la misaine, ils étaient pieds et poings liés et bâillonnés puis allongés dans le souterrain. Nos matelots prirent pour eux tout de suite le sabre d'abordage et deux sabres légers dont la lame incurvée s'enracinait dans une poignée courte, en or.

– Ces deux-là ont navigué dans d'autres mers pour s'être approprié ces lames, fit remarquer Tanguy-cul-d'œuf.

– Sûr, camarade, ils ont pris cela au Grand Moghol lui-même, et à personne d'autre…

Nous avançâmes, cinq corsaires-moines plus le vrai prieur qui ouvrait la marche. Nos compagnons restaient encore cachés dans le souterrain dont la porte, pas tout à fait fermée, bâillait du bec, assez pour leur permettre d'admirer le jardin bordé d'une promenade avec des arches, un peu comme le cloître de la cathédrale de Tréguier. Dans notre groupe de corsaires-moines, il y avait la comtesse qui comme nous avançait sans penser à trembler. Nous n'avions pas fait plus de vingt pas que nous fûmes interpellés par une voix épaisse et sûre d'elle-même.

– Mordieu de sacrebleu ! C'est une belle heure pour servir le lard et les œufs ! Amenez ici la mangeaille !

Il y avait bien là, derrière la voix, vingt pirates assis ou allongés, habillés de façon étrange avec dentelles et rubans qui débordaient de leur tunique ! Celui qui nous avait interpellés en commençant par « mordieu de sacrebleu » ne savait pas que c'était là la dernière phrase qu'il prononçait avant d'aller rôtir en enfer. Job sortit simplement de sa manche un pistolet d'arçon au long canon et tira. Le pauvre s'écroula, mort sur le coup. Il n'eut même pas le temps d'entendre les criailleries de ses associés, ni la cavalcade de nos compagnons qui arrivaient à nous, armes aux poings.

La bataille s'engagea, comme un jeu. Chacun sûr de sa force se riait presque de l'adversaire. Nous prenions le dessus, acculant les plus rusés de nos ennemis, quand surgit sur nos arrières une petite troupe menée par Bartholomée de Belleville lui-même ! Il hurlait, riait, bavait tout à la fois. Sa barbe rouge était tressée comme des cheveux de femme avant qu'ils ne soient roulés en chignon. À l'extrémité de chaque tresse, il y avait des rubans bleus, verts, rouges… enflammés. C'est à peine si je vis ses yeux injectés de rhum et de méchanceté.

– Droit devant, fanandel… et rendez-vous dans les étages, m'ordonna Job Kéravel, sûr de lui.

Pour du coup, je partis sans demander mon reste aussi vite que je le pus. J'entrai dans le bâtiment par un large escalier d'angle, armé d'une hache et d'un coutelas que je ne me souvenais pas avoir pris lors de la distribution des armes ! Vers la quinzième marche, j'arrivai à un étage gardé par un nain qui ricanait en maniant un long fouet de cuir.

– À nous deux, l'ami ! Approche, tu m'as bien l'air d'un goéland qui guette une arête de sardine ! me dit-il en me faisant signe d'aller vers lui et de l'attaquer.

Sans prendre garde, je fonçai comme un jeune chien, ma hache au bout d'un bras, mon poignard au bout de l'autre. Le nain ricana et cracha en même temps ! Faisant cela, il avait armé son fouet de cuir à la mèche plombée. Alors que je me jetais sur lui en hurlant, il fit un écart et me reçut avec son arme qui zébra l'air comme un éclair avant de s'entortiller autour de mon cou et de me lacérer plus que ne le fait la corde aux pendus. Je tombai de tout mon long, blessé et presque évanoui de douleur. Le nain de toute sa hauteur me regarda en ricanant. Il avait sorti de je ne sais où une longue dague qui lui allait à la main comme une épée va à la main d'un honnête homme de bonne taille. Il se pencha un peu au-dessus de moi, et me déclara :

– Moi… c'est le cœur qui m'intéresse, c'est le cœur que je transperce !

Je sus alors que cette fois, dans deux secondes, je serais mort. Je fermai les yeux.

Au même moment, un coup de feu claqua, et moi sans rien comprendre, je me retrouvai avec le nain dans les bras. Sa joue était contre la mienne, sa bouche contre mon oreille. Il me murmura :

– Il faut rêver pour vivre… il faut rire pour… vivre, rire… pour… per… dre… son sang…

Il se tut. Je me dégageai et je le regardai. Il avait les yeux ouverts et fixes : il était mort.

Gwenn Blanche était là, elle avait ôté sa robe de moine. Je fis de même. Attiembo nous rejoignit, rouge du sang de tous ceux qu'il avait sabrés. Sans nous concerter, nous montâmes encore les marches, une bonne vingtaine, et nous arrivâmes sur une espèce de chemin de ronde qui longeait la face intérieure du bâtiment. Nous ne prîmes pas le temps de contempler le jardin qui en bas continuait à resplendir au soleil. La lutte continuait sous nous. Des cris, quelques rares coups de pistolet, des bruits aussi de meubles brisés nous indiquaient que la bataille durait.

Nous ouvrîmes toutes les portes qui donnaient sur ce long balcon que nous parcourions à la hâte. Ce n'était que des chambres. Toutes pleines de richesses pillées par Bartholomée de Belleville et ses hommes :

des soieries, des perles, des boîtes d'épices, des étoffes
précieuses... et même des tonnelets de vin et d'eau-
de-vie. C'est la comtesse qui ouvrait chaque chambre
et inspectait. J'entrais avec elle, Attiembo surveillant à
l'extérieur pour nous éviter toute mauvaise surprise.
Nous en étions à la neuvième chambre ouverte et visi-
tée quand nous entendîmes cogner contre une porte.
Quand les coups cessaient, des appels sortaient malgré l'épaisseur des murs et du bois.

– C'est lui, lui... vite !

La comtesse se précipita. Nous la suivîmes. La
chambre d'où sortaient les appels était bouclée. Sa
porte épaisse de plusieurs pouces était bien ajustée
sur ses gonds. Qui avait la clé ? Où était la clé ?

Nous n'avions pas le temps de répondre à ces ques-
tions. Les nôtres dans le jardin se battaient toujours
et que le combat fût si long n'était pas bon signe.

La comtesse, toujours aussi vive, s'adressa à moi
et ordonna :

– La hache !

Du geste, elle m'indiquait la porte. Je compris.
Je commençai à frapper le bois vieilli et à l'entamer à
côté de la serrure. Attiembo tout de suite me relaya.
On aurait pu croire qu'il n'avait pas été blessé quelques
jours plus tôt. Sa force noire, cette force qui l'avait fait

vaincre les négriers qui avaient voulu le vendre, fut magique. À chacun de ses coups, un éclat de bois volait, tout de suite suivi d'un autre. Il s'acharna comme si le roi de la forêt sacrée de son enfance le regardait faire. Bientôt la porte céda. La serrure resta dans le mur d'un côté et la porte pivota de l'autre. Alors, la comtesse se précipita et serra contre elle le chevalier qui semblait fatigué et qui était là, aussi maigre qu'un hamac desséché par le sel de la mer et le soleil du ciel. C'était la première fois que je voyais un frère et une sœur se serrer ainsi et s'embrasser comme si l'un souhaitait être mangé par l'autre et... l'autre par l'un !

Attiembo hurla :

– *Bayob oké kô !*

Je me retournai et je vis Bartholomée de Belleville et son équipe qui arrivaient sur nous en courant. Pas d'issue ! Nous étions coincés : Attiembo me poussa à l'intérieur de la chambre et de toutes ses forces s'appuya, arc-bouté sur la porte. Il ne pourrait pas tenir... Le chevalier poussa la carcasse de son lit de bois contre la porte. Je glissai la table en plus. La comtesse m'aida et, alors que Bartholomée de Belleville et les siens poussaient de toute leur hargne, nous réussîmes à caler et le lit et la table. L'un contre l'autre, appuyés au mur, ils retenaient bien la porte.

Attiembo avait toujours ma hache. Je lui indiquai la fenêtre. En quatre coups il la défonça complètement. Un seul barreau était scellé et empêchait la sortie. Il commença à tirer dessus en criant des *ka*, des *ku*, des *ko*. La barre fléchit un peu mais, pour le moment, elle résistait autant que la porte sur laquelle s'acharnaient les pirates. La comtesse tentait de contenir leurs coups et surveillait le lit et la table afin qu'ils ne glissent pas et qu'ils restent bien solidaires. Moi, j'avais toute confiance en Attiembo. Je savais qu'il viendrait à bout de ce barreau de fer… Je me défis du funin que j'avais gardé autour de mon corps. Ce funin-là et ce grappin-là devaient nous offrir le salut. Bartholomée de Belleville et les siens cognaient… Attiembo et le chevalier tiraient… forçaient et recommençaient.

Il fallait que ce barreau cède. Nous ne tiendrions pas une heure comme cela ! J'ajoutai mes forces à celles des deux hommes. Quatre mains blanches et deux mains noires s'unirent contre cette barre ancrée dans la pierre. Ouf ! Nous gagnâmes ! Sans nous féliciter aucunement, nous continuâmes notre action. J'accrochai le grappin à la fenêtre et, le premier, je passai du côté du ciel, tenant le funin à deux mains. Je me laissai descendre le long du mur du fort. Le funin n'était pas assez long. Je pendouillais au bout alors qu'il m'aurait fallu assez de longueur pour descendre encore d'un étage. Je regardai sous moi et, sans hésiter, je sautai dans l'eau triste et noire que le soleil de ce beau jour semblait ne pas avoir réveillée. À ma suite, la comtesse sauta et nous nageâmes, observant le chevalier qui arrivait. Le plouf qu'il fit près de nous nous rassura. Il ne manquait qu'Attiembo. Déjà, il glissait à son tour. Avant même d'avoir atteint l'extrémité du funin, il se jeta à l'eau. Nos quatre plongeons avaient certainement fait fuir les poissons... s'il y en avait. Mais il y a de drôles de paroissiens qui vivent dans l'eau et autour de l'eau et qui ne fuient pas si vite, ce sont les caïmans ! À peine étions-nous tous quatre réunis au milieu de cette douve puante que trois caïmans glissèrent sous nos yeux, quittant l'ombre verte où ils siestaient pour venir nager dans la même eau que nous.

Au-dessus de nos têtes, un autre danger à présent nous guettait. Les pirates qui avaient réussi à faire céder notre barrage étaient à la fenêtre de la chambre et l'un d'eux nous visait avec un tromblon qui crachait d'un coup plusieurs petites balles.

– Vite, vite, plus vite ! ordonna la comtesse.

Seulement, le chevalier n'était plus habitué à tant d'efforts. Il peinait et Attiembo dut le soutenir pour nager les dernières brasses. J'étais bon dernier… je n'avais appris à faire le poisson que depuis quelques jours, quand nous avions radoubé notre *Fleur* sur l'île des Indiens, et je n'avançais pas beaucoup plus qu'un brick démâté ! Les caïmans n'étaient plus visibles, ce qui pour moi n'était ni bon ni mauvais signe.

À présent, le chevalier était allongé sur l'herbe, la comtesse à genoux lui donnait quelques soins. Il était blessé. Attiembo me regardait patauger. Je le vis prendre une lourde branche morte tombée d'un arbre et la lancer sur moi. Était-il devenu fou ? Il m'attaquait ? La branche, bien que longue et lourde, tomba juste derrière moi. Aussitôt, il y eut un énorme remous et trois caïmans à grands coups de queue et de gueule tentèrent de s'en emparer chacun pour soi.

Ce mince répit me permit d'avancer assez pour m'arrimer à la main tendue d'Attiembo qui me tira de cette eau vaseuse où nous avions tous barboté.

Sauvés ! Pour l'instant nous étions sauvés. Il fallait quitter ces lieux au plus vite. La comtesse avait déchiré toute une manche de sa chemise blanche pour bander la main du chevalier qui avait été blessée par une petite balle. Transpercée en plein milieu.

Nous partîmes sous le couvert, puant plus qu'une daurade restée huit jours en plein soleil. La pourriture de l'eau, de la terre… de toutes les mangroves de l'île nous collait à la peau !

Quand nous nous arrêtâmes après avoir couru plusieurs lieues, nous cherchâmes à avaler encore plus d'air que cela n'est possible. Nous étions comme les bonites qui ayant trop sauté hors de l'eau se retrouvent sur le pont des navires.

– Où sont les autres ?

Je posais la question, sachant bien qu'aucun de nous n'avait la réponse. Avaient-ils tous été tués ? S'étaient-ils enfuis ? Étaient-ils prisonniers ?

Nous résolûmes de gagner la *Fleur* au plus vite afin de savoir si nos compagnons y étaient ou… si le sort les avait pourfendus, égorgés… ou autre chose encore.

Il nous fut facile de retrouver le chemin pris la veille et de rejoindre la plage où nous avions caché les chaloupes. Quand nous y fûmes, c'était presque le soir.

Nous nous plongeâmes dans l'eau salée, tout habillés, afin d'enlever de nous l'odeur épaisse et pourrie qui nous harcelait. Je ne retirai que mes minces chaussures de matelot, qui étrangement avaient cessé de me meurtrir les pieds. Elles avaient pris des coups elles aussi, et leur cuir du dessus comme leurs semelles portaient les marques de la bataille et du sentier.

L'eau de la mer nous invitait à rester en elle jusqu'au lendemain, jusqu'à ce que nous revienne le soleil, mais il fallait continuer et penser à la manœuvre…

Nous regagnâmes la *Fleur* sans difficulté. Attiembo activa les rames. Le chevalier était trop épuisé pour parler. Il se laissait bercer par la mer, allongé, sa tête reposant sur les genoux de la comtesse ; sa tête enserrée entre les deux mains douces de la comtesse. Sa blessure ne semblait pas trop le harceler. Il était calme, comme un enfant qui retient en lui un moment de sommeil pour continuer un beau rêve.

Gros-René Nantais nous apprit ce que nous savions déjà, puisque toutes les chaloupes cachées au bord de la plage étaient restées au même endroit : nous étions les seuls à être revenus. Nous mangeâmes un peu de jambon grillé et des bananes chaudes, bien bouillies.

La comtesse décida pour nous : le chevalier resterait à bord sous la protection de Gros-René Nantais et du vieux Marzin. Attiembo, moi et elle-même repartirions vers le fort voir ce que nos compagnons étaient devenus.

CHAPITRE XIII

Le trésor de Bartholomée de Belleville

Je n'avais gardé que ma petite épée anglaise. La hache qui nous avait tant servi était devenue la propriété d'Attiembo. Il avait découvert dans son manche creux un petit poignard, vissé. La comtesse restait armée, épée et poignard. Nous n'avions pas changé d'habits et nous étions à peine secs. Cette petite fraîcheur de notre linge sur nos corps éloignait sans doute de nous la fatigue.

Nous avions vécu de rudes épreuves et nos dernières heures de sommeil étaient bien loin.

J'avais laissé à bord de la *Fleur* mes pauvres souliers de cuir. J'avais à présent aux pieds des chaussures de toile à la semelle de corde tressée.

La nuit était belle. Elle était claire et même parfumée.

Peut-être était-ce cette pureté de l'air que nous respirions après la pourriture qui s'était attachée à nous qui me faisait croire qu'il y avait du parfum dans l'air.

Quand nous nous retrouvâmes dans la même position que la veille, près du fort, face au monastère, nous vîmes bien que les choses avaient changé. Des guetteurs étaient postés sur le toit, et ce n'était certainement pas pour surveiller l'entrée ou la sortie des moines. Il y en avait probablement aussi quelque part au pied du fort. Il y avait de la vie derrière les murs. On entendait du bruit et l'on apercevait à un endroit, derrière une meurtrière, des flammes qui gigotaient…

La comtesse et moi restâmes allongés, dissimulés au pied d'un palétuvier, tandis qu'Attiembo se glissait, mieux qu'un serpent et mieux qu'un caïman, vers les murs.

Je m'endormis. Combien de temps ? Je ne saurais dire, mais au moins une couple d'heures. Lorsque j'ouvris les paupières, les ombres des arbres s'effaçaient déjà dans la lumière du jour, cachant leur malice des rayons du soleil. Attiembo parlait à voix basse avec la comtesse. Il savait tout.

Oui… il savait tout ! Il avait rampé jusqu'à la porte du fort, noir, invisible dans le noir de la nuit. Il avait surgi d'un coup, comme le génie malfaisant des

ténèbres, et avait cassé la tête du veilleur. Ce pirate-là
n'eut le temps ni de dire ouf !... ou maman... ou pitié,
avant de mourir. Ensuite, Attiembo s'était glissé dans
le jardin, toujours comme un serpent ou un caïman.
Là, il avait assisté à un drôle de spectacle. Bartholomée
de Belleville avait fait casser des meubles devant la
porte du souterrain et il avait arrosé les morceaux de
chaises, les bris de commodes, les membres d'armoires
et les tables rompues de tout un baril de rhum. Cette
folie étant réalisée, il y avait mis le feu. Attiembo ne
comprit pas tout de suite ce qui se passait. C'est seulement quand, vif comme un reptile, il captura une
esclave qui passait avec du vin qu'il apprit tout ce qu'il
fallait savoir. La femme noire se retrouva allongée
dans les fleurs, se demandant bien pourquoi la main
noire de la nuit la malmenait ainsi. Quand elle comprit
que c'était Attiembo qui l'avait cueillie pour l'allonger sur la terre, elle ne fut pas plus rassurée. Son poignard et sa hache faisaient de lui un étrange démon.
Il était allongé sur elle, l'empêchant de faire le moindre
geste, le moindre bruit. L'une de ses mains bloquait
sa bouche. D'abord, il lui parla doucement en akan,
mais elle ne comprenait rien à cette langue. Toujours
doucement, comme un grand frère, il lui parla en éwé
et là, il vit dans la nuit ses yeux pétiller comme les

étoiles du ciel quand on croit qu'elles nous adressent un message.

– Ma sœur, tu m'entends ? Tu me comprends ?

– Oui, grand frère.

– Pourquoi es-tu ici ?

– Je suis une des esclaves des pirates… et des moines…

– Ma sœur, dis-moi ce qu'ils font avec ce feu.

– Ils veulent brûler la porte du souterrain. Les corsaires qui ont attaqué sont bloqués dedans. Ici, ils ont fermé la porte sur eux et, à l'autre bout dans le monastère, c'est un canon de mitraille qui les attend.

Attiembo resta allongé encore contre sa sœur africaine dans le jardin, observant les gestes des pirates et l'impatience de leur chef. La porte doublée de fer ne céda pas.

Alors, Bartholomée de Belleville décida qu'il fallait descendre un canon des tours du fort et amener de la poudre et des boulets.

Attiembo avait continué son récit.

Sa sœur africaine devait sortir du fort et, quelques minutes plus tard, portant une charge de bois, lui Attiembo l'accompagnerait portant la même charge. Ils rentreraient dans le fort, sans se cacher de rien ni de personne. Ils rentreraient seulement comme deux esclaves faisant le travail qu'on leur avait commandé. Ils iraient vers Bartholomée de Belleville et là, Attiembo seul l'attaquerait… par surprise. Après, la comtesse et moi aurions à intervenir.

Nous n'eûmes pas le temps de discuter de ce plan. La jeune esclave sortait du fort et, nonchalante, venait vers nous. Quand elle fut de notre bord, sans rien dire, elle fit signe à Attiembo de la suivre et ils partirent. Peu après, nous les vîmes passer, chacun fagoté d'une belle brassée de bois sur la tête. Attiembo n'avait que sa culotte et son fagot. Il suivait. Ils entrèrent dans le fort et nous prîmes le temps de compter jusqu'à deux cent cinquante. Nous nous précipitâmes alors. J'avais mon épée à la main. La comtesse son sabre et son poignard. Nous arrivâmes dans le jardin sans avoir rencontré rien ni personne. Tout de suite, nous aperçûmes un spectacle à peine croyable. Attiembo tenait d'un bras serré contre lui Bartholomée de Belleville. Au bout de son autre bras, sa main tenait son poignard appuyé sur le cou du chef pirate. Ses armes, il les avait cachées dans son fagot pour entrer simplement, comme un simple esclave.

Personne ne pensait à rire ou à jurer. Un léger filet de sang coulait de la gorge de Bartholomée de Belleville qui se tenait aussi immobile qu'une statue.

Seuls ses yeux roulaient et tourneboulaient sur eux-mêmes. La jeune esclave venait de commencer à lui lier les mains. La comtesse tout de suite l'aida. Moi, je pris l'un des pistolets de Bartholomée de Belleville, celui qui dépassait de sa ceinture, et je le pointai vers ses hommes qui jusqu'à présent n'avaient pas osé agir, sachant bien que la vie de leur chef pouvait s'arrêter là s'ils faisaient le moindre geste. Quand il fut lié aux poignets et aux chevilles, Attiembo desserra légèrement son étreinte mais garda la pointe du poignard sur sa gorge.

La comtesse alla cogner contre la porte du souterrain et appela tour à tour notre capitaine et Job Kéravel. Elle leur dit d'ouvrir cette porte-là puisqu'ils ne risquaient plus rien et que, de ce côté-ci du jardin, on était impatient de les voir.

La porte s'ouvrit. Nos compagnons sortirent de leur trou sans penser à remercier le ciel ou la comtesse ou Attiembo ou moi-même. Job Kéravel et Tanguy-cul-d'œuf s'empressèrent de désarmer tous les pirates qui étaient plus de vingt, plus de trente même.

Quand ce fut fait et qu'ils furent liés solidement, Attiembo retira son poignard de la gorge saignante de Bartholomée de Belleville. Tous les corsaires de la *Fleur de blé noir* lancèrent un hourra de victoire… et de soulagement. Bartholomée de Belleville ne disait rien, mais on voyait bien que le tonnerre grondait en lui. Le sang de son cou qui coulait encore mouillait un peu sa chemise et même le petit sac en peau de jeune chèvre qui pendait à sa poitrine. Il avait des gants de chevreau à revers de dentelles des Flandres, et des bagues d'or avec des brillants de diamant presque à chaque doigt.

Devant les pirates attachés deux par deux, la comtesse arracha le petit sac de la poitrine de Bartholomée de Belleville. Elle l'ouvrit et sortit ce qu'il contenait : trois sachets de poudre d'or, deux rubis rouges, deux émeraudes vertes et un saphir bleu, tous presque aussi gros qu'un œuf de pigeon. Elle confia ce butin un instant à Tanguy-cul-d'œuf qui l'assistait comme un fidèle lieutenant. Ensuite, devant les hommes ébahis, elle ouvrit lentement sa chemise qui n'avait toujours qu'une manche.

Quand ce fut fait, nous assistâmes à une cérémonie d'une extraordinaire beauté. La comtesse Gwenn Blanche de Garlantezec déroula le pavillon de soie blanche qu'elle portait enroulé autour d'elle, ce pavillon avec un lis rouge brodé comme une larme de sang. Elle l'étala sur le sol et posément se reboutonna. Alors, elle reprit son butin des mains de Tanguy-cul-d'œuf et le déposa sur le pavillon. Ensuite, elle s'adressa à nous :

– Corsairiens, nous sommes venus à bout de ces chiens. À nous de pirater leurs piratages. Allez… et visitez ce fort dans ses moindres recoins. Que tout l'or, les bijoux, les soieries et autres trésors qui se cachent ici me soient amenés. Le partage sera équitable. Que les pierreries soient déposées sur ce pavillon !

Les matelots partirent sans avoir besoin de plus d'explications. Si Attiembo n'avait pas bâillonné Bartholomée de Belleville, il aurait hurlé à mort !

La comtesse demanda à la jeune esclave d'aller chercher des ânes ou des chevaux et de les équiper pour transporter nos trouvailles.

En moins d'une heure, nous avions amassé plus de richesses que n'en virent jamais le roi Arthur et la reine Guenièvre ; plus peut-être que n'en porta le *Walrus* vers la cachette de Flint. La comtesse fit charger sept ânes et quatre chevaux.

Nos prisonniers n'avaient pas bougé. Ils étaient restés à cuire au soleil, affalés deux par deux à terre. Bartholomée de Belleville était le seul à rester debout. Ils s'attendaient tous à être pendus.

Nous étions prêts. Nous avions chargé le meilleur des butins, la *Fleur* nous attendait avec à son bord le chevalier.

La comtesse me fit venir près d'elle, ainsi

qu'Attiembo. Elle appela ensuite le capitaine. Job Kéravel regardait la scène en fumant une belle pipe que je ne lui connaissais pas.

– Pirates, écoutez-moi ! lança la comtesse. Vous n'allez pas mourir maintenant. Je laisse le destin décider du jour où vous vous balancerez à une vergue. Retenez que votre terrible Bartholomée de Belleville n'est rien. Il a été vaincu par une femme, un mousse et un esclave noir ! À l'avenir, choisissez-vous un meilleur chef. Il n'est rien et je lui reprends ce qu'il s'est choisi sur ses ennemis.

Là-dessus, elle retira sans ménagement les bagues que Bartholomée de Belleville portait aux doigts. Et puis elle demanda mon poignard et, avec, elle coupa une des tresses de la barbe du pirate.

– Ceci sera un petit souvenir qui amusera bien les vrais marins de toutes les mers !

À ce moment, notre comtesse paraissait encore plus grande et plus belle et plus blanche sous le soleil, au milieu de ces hommes boucanés par les vents salés.

Elle ajouta :

– Pirates, pour que votre Bartholomée de Belleville sache jour et nuit qui l'a vaincu, je vous le laisse en vie avec un petit souvenir de ma part et de la part du chevalier.

Elle fit signe au capitaine qui s'éloigna. Il revint aussitôt avec un fer rouge… rouge sang, rouge lis, en forme de lis.

La comtesse déchira la chemise de Bartholomée de Belleville et lui imprima sa marque en brûlant son épaule au fer rouge.

– Cordieu, fanandel, ça sent la couenne grillée ! me dit Job Kéravel.

Nous partîmes, laissant attachés les pirates, que les moines ne tarderaient pas à libérer. Nous avions jeté leurs canons dans les douves et nous emportions leurs armes.

Notre colonne était ouverte par la comtesse et par le capitaine qui était toujours blessé. Derrière eux nous étions tous heureux, bien que trois des nôtres soient morts dans la bataille. J'étais près de Job Kéravel et de Tanguy-cul-d'œuf. Celui-là avait oublié déjà qu'il lui manquait une oreille ! Pas loin, derrière nous, Attiembo fermait la marche. Il emmenait avec lui sa jeune sœur qui ne serait plus esclave mais deviendrait sa quatrième épouse.

CHAPITRE XIV

Retour à Koadoud

La *Fleur*, heureuse au milieu des flots, volait ou presque sur le haut des vagues. Elle ouvrait la mer avec un doux bruit que l'on pouvait prendre pour un froissement de soie. Nous avions quitté l'île de la Croix-Morte sans nous y attarder aucunement. Le capitaine Barnabalec avait seulement pris soin de faire remplir d'eau pure la futaille disponible et d'ordonner à quelques-uns de cueillir pendant ce temps les fruits offerts par les arbres et de déterrer des racines, ce qui nous permit une récolte inattendue de patates douces.

Nous voguions vers l'est, vers la côte africaine.

Cinq jours après notre départ de l'île de la Croix-Morte, nous avions débarqué nos prisonniers sur un îlot complètement désert. On aurait cru une montagne sortie de la mer. Un bon marcheur aurait fait le tour de cet îlot-là en trois heures de temps. Le capitaine, sans aucune cérémonie, fit descendre Fish le Dieppois, Van den Chavée et les deux pirates, pieds liés dans une chaloupe. Cinq matelots les débarquèrent sur leur îlot, leur laissant en tout et pour tout un poignard, une tranche de lard et quelques brasses de cordages. Leur vie plus que jamais appartenait au Seigneur...

– Qu'ils vivent, dit la comtesse. Ils sont assez punis de voir aujourd'hui la bonne fortune de chacun, eux qui furent assez fous pour se mutiner et tenter de nous tuer.

Nous voguions et tous à bord étaient réjouis. Moi, de ma vie, je n'avais reçu autant de courtoisie ! Pour récompense de mon courage, le capitaine et Job Kéravel m'apprenaient la navigation. La comtesse et le chevalier me contèrent, eux, bien des choses sur le monde et son histoire. Moi, je n'avais jamais vu un frère et une sœur s'aimer autant. C'était comme si l'un respirait pour l'autre ou l'autre pour l'un ; comme si l'un disparaissant de la vue de l'autre mettait en péril leur vie à tous les deux !

Le coq ne me harcelait plus, d'ailleurs j'avais complètement cédé ma place à la cambuse aux quatre femmes d'Attiembo qui nous nourrissaient fort bien.

Louise était ma Louise, même si je restais le seul, avec la comtesse, à connaître son secret. À bord, quand un matelot parlait d'elle, il disait toujours « Petit-Louis ».

J'étais riche.

J'étais assez riche pour vivre une simple vie de riche, si je voulais…

Un matin, nous arrivâmes en vue de la côte africaine. Attiembo avait donné assez d'explications à notre capitaine pour qu'il sache exactement vers quelle terre d'Afrique diriger notre *Fleur*. J'eus l'honneur, avec la comtesse et le chevalier, d'accompagner Attiembo et ses quatre femmes pour leurs premiers pas sur le sol de leur naissance, le sol de leurs ancêtres. Nous les débarquâmes avec une belle quantité d'armes, de poudre, quelques outils et aussi du beau tissu imprimé. Attiembo ne voulut aucune pierrerie, aucun or. Nous les accompagnâmes jusqu'au fort danois de Christianborg qui était là, devant nous. Après que nous eûmes salué le commandant et que nous lui eûmes conté un peu de notre aventure, Attiembo partit avec ses femmes et quelques porteurs. Il allait rejoindre vite son pays d'Akwapin et dans deux jours il verrait Akim, vieille région de l'or…

La *Fleur* repartit, toujours légère, passant vite au large des îles du Cap-Vert.

Quand nous aperçûmes, un jour de froid, les clochers de Saint-Pol et de Roscoff dans le lointain, nous devînmes tous un peu timides à bord. Parler trop, ou trop fort, ç'aurait été sans doute une impolitesse à ce moment-là.

Sans bien savoir, aucun de nous ne voulait offenser les pierres des églises ou les pierres des simples maisons. La nuit était en son milieu, que nous n'étions pas encore rentrés ! La mer et les vents se moquaient bien de notre impatience.

C'est donc le lendemain, un beau matin, que je descendis à terre. À terre… sur ma terre de Bretagne.

J'étais parti simple mousse, je revenais plus que matelot. Je savais relever la hauteur d'une étoile avec le quart de cercle. Je savais situer la position d'un navire sur une carte. J'étais riche. J'allais m'installer à *L'Esmerveillable Vague*.

J'embrassai Marjanne qui me reçut sans étonnement, comme si c'était tout à fait banal de me voir rentrer ce jour-là, avec la marée.

Je retrouvai la même petite chambre qui m'avait accueilli avant mon départ aventureux en mer.

Deux jours plus tard, j'étais vêtu de toile neuve. J'avais un coffre de matelot rempli de trésors : de l'or, des pierres, et en plus les écus offerts par la comtesse en récompense. J'avais un sac bourré d'autres richesses… du linge, mais aussi mes armes que j'avais gardées. Louise avait aussi touché sa part. Nous étions riches. Ensemble, nous louâmes une belle voiture et quatre chevaux. Un matin, nous partîmes vers Koadoud.

J'avais mon plan.

Quand Soazig me vit, elle se signa, n'en croyant pas ses yeux et se demandant bien quel diablotin lui jouait un assez vilain tour pour voir ainsi apparaître son Yves-Marie, accompagné d'une belle jeune fille. Je la pris dans mes bras, je la serrai bien fort et je l'embrassai.

– Soazig, c'est fini. Tes bras n'auront plus jamais de mauvaise fatigue. C'est moi qui suis revenu. C'est moi, ton Yves-Marie. Je suis revenu. Je suis là, viens !

C'est sans un mot, mais avec quelques larmes de bonheur, qu'elle accueillit le buveur d'écume que j'étais devenu.

Huit jours exactement plus tard, j'avais acheté la belle et grande maison pas bien loin de l'église, à une encablure du lavoir. Soazig y était bien installée, avec Louise qui trouvait ainsi la maman qu'elle n'avait jamais eue. J'avais donné quinze louis d'or pour les plus pauvres du village. Mon maître, je n'avais même pas voulu lui parler. Dans ma tête et mon cœur, je restais du côté des pauvres, et pour toujours. Lui, il m'avait trop battu quand je n'étais qu'un enfant.

Le jour où nous allâmes au château rendre visite à la comtesse, il n'y avait que du bonheur et de la beauté dans le beau ciel d'Argoat.

J'appris à la comtesse mon prochain départ. Le capitaine Barnabalec m'avait fait dire qu'il armait la *Fleur* pour aller faire commerce jusque vers l'île de France. Il me voulait à son bord. Je serais son élève officier. Au retour de ce voyage-là, j'aurais assez d'âge pour épouser Louise et continuer ma vie, sans peur.

Déjà, après mes premières aventures, je ne craignais plus les vers à feu qui la nuit font des signes aux bégounoz[1] et aux corniks[2] qui ne sont que de vilains voleurs qui prennent l'âme des vivants et la remplacent par un œuf cassé, par l'œuf unique que les fous de Bassan pondent en mars sur les falaises ou celui, unique aussi, des guillemots de Troïl pondu, lui, en mai.

---

1 et 2. Êtres imaginaires appartenant à la grande famille des lutins bretons (korrigans, kernandoneds…).

TABLE DES MATIÈRES

Yves Pinguilly

Yves Pinguilly est né à Brest.

Il a écrit plus de quatre-vingts livres dont beaucoup ont pour cadre le continent africain. « Moi qui suis peu allé à l'école et pas du tout à la guerre, j'ai fait tous mes apprentissages enveloppé par le souffle chaud des lèvres de Mami-Wata, dans le golfe de Guinée, et en laissant ma main dans celle de Viviane lors de promenades au fond de Brocéliande, pour connaître l'au-delà du bien et du mal », évoque-t-il en confidence. C'est grâce à elles qu'il continue à écrire pour tous, des livres de rêve et de contestation.

Yves Pinguilly aime marcher sur le sable ou rêver dans les chemins creux. Si un jour vous l'y croisez, il sera certainement en compagnie d'une jeune fée aux dents de lait.

Du même auteur :

AUX ÉDITIONS NATHAN

Le secret de la falaise, coll. nathanpoche
Manèges dans le désert, coll. nathanpoche
Contes et Légendes de Bretagne, coll. Contes et Légendes
Contes et Légendes l'Afrique d'Ouest en Est, coll. Contes et Légendes
Contes et Légendes La Corne de l'Afrique, coll. Contes et Légendes
Verdun 1916 – Un tirailleur en enfer, coll. Les romans de la mémoire

CHEZ D'AUTRES ÉDITEURS

Le Ballon d'or, Éditions Rageot, coll. Cascade
Pénalty à Ouagadougou, Éditions Magnard, coll. Les p'tits policiers
En sortant de l'école, Éditions Magnard, coll. Les p'tits policiers
Pas de médaille pour les truands, Éditions Magnard, coll. Les p'tits policiers
La maison de l'île, Éditions Magnard, coll. Les p'tits intrépides
Vol au musée, Éditions Milan, coll. Milan poche cadet
Surprise sur la piste, Éditions d'Orbestier, coll. Azymut junior

Michael Sterckeman

Influences

En dessin : Bruegel, Munoz, Crumb, Aristophane, Dupuy-Berberian, Hergé.

Dans la vie : les prédictions de ma grand-mère, la position des étoiles dans le ciel et les nouvelles du matin…

Amours

L'imagerie médiévale, la peinture flamande, la bande dessinée, les beaux dessins, la littérature, le cinéma, le sport en pleine nature…

Haines

Les dentistes, les médecins, les formalités administratives, les impôts, etc.

Parcours

Originaire du Nord, un petit crochet de quelques années en Charente avant de venir à Paris, histoire de faire comme tout le monde…

Envies

Des voyages, monter une maison d'édition et des choses moins avouables…

Jaouen Salaün

N° d'éditeur : 10128485 – Dépôt légal : avril 2006
Imprimé en France par Hérissey à Évreux (Eure) - N° 101441